新潮文庫

小川未明童話集

小川未明著

新潮社版

259

目次

小川未明童話集

赤いろうそくと人魚《にんぎょ》

一

人魚は、南の方の海にばかり棲《す》んでいるのではありません。北の海にも棲んでいたのであります。

北方《ほっぽう》の海の色は、青うございました。あるとき、岩の上に、女の人魚があがって、あたりの景色をながめながら休んでいました。

雲間からもれた月の光がさびしく、波の上を照らしていました。どちらを見ても限りない、ものすごい波が、うねうねと動いているのであります。

なんという、さびしい景色だろうと、人魚は思いました。自分たちは、人間とあまり姿は変わっていない。魚《さかな》や、また底深い海の中に棲んでいる、気の荒い、いろいろな獣物《けもの》などとくらべたら、どれほど人間のほうに、心も姿も似ているかしれない。それだのに、自分たちは、やはり魚や、獣物などといっしょに、冷たい、暗い、気の滅《め》入《い》りそうな海の中に暮らさなければならないというのは、どうしたことだろうと思いました。

長い年月《としつき》の間、話をする相手もなく、いつも明るい海の面《おもて》をあこがれて、暮らしてきたことを思いますと、人魚はたまらなかったのであります。そして、月の明るく照らす晩に、海の面に浮かんで、岩の上に休んで、いろいろな空想にふけるのが常でありました。

「人間の住んでいる町は、美しいということだ。人間は、魚よりも、また獣物《けもの》よりも、人情があってやさしいと聞いている。私《わたし》たちは、魚や獣物の中に住んでいるが、もっと人間のほうに近いのだから、人間の中に入って暮らされないことはないだろう」と、人魚は考えました。

その人魚は女でありました。そして妊娠《みもち》でありました。……私たちは、もう長い間、このさびしい、話をするものもない、北の青い海の中で暮らしてきたのだから、もはや、明るい、にぎやかな国は望まないけれど、これから産まれる子供に、せめても、こんな悲しい、頼りない思いをさせたくないものだ。……

子供から別れて、独り、さびしく海の中に暮らすということは、このうえもない悲しいことだけれど、子供がどこにいても、しあわせに暮らしてくれたなら、私の喜びは、それにましたことはない。

人間は、この世界の中で、いちばんやさしいものだと聞いている。そして、かわいそうなものや、頼りないものは、けっしていじめたり、苦しめたりすることはないと聞いている。いったん手づけたなら、けっして、それを捨てないとも聞いている。幸い、私たちは、みんなよく顔が人間に似ているばかりでなく、胴から上は人間そのままなのであるから——魚や獣物《けもの》の世界でさえ、暮らされるところを思えば——人間の世界で暮らされないことはない。一度《ど》、人間が手に取り上げて育ててくれたら、きっと無慈悲《むじひ》に捨てることもあるまいと思われる。……

人魚は、そう思ったのでありました。

せめて、自分の子供だけは、にぎやかな、明るい、美しい町で育てて大きくしたいという情けから、女の人魚は、子供を陸《りく》の上に産み落とそうとしたのであります。そうすれば、自分は、ふたたび我が子の顔を見ることはできぬかもしれないが、子供は人間の仲間入りをして、幸福に生活をすることができるであろうと思ったのです。

はるか、かなたには、海岸の小高い山にある、神社の燈火《あかり》がちらちらと波間に見えていました。ある夜《よ》、女の人魚は、子供を産み落とすために、冷たい、暗い波の間を泳いで、陸の方に向かって近づいてきました。

二

海岸に、小さな町がありました。町には、いろいろな店がありましたが、お宮のある山の下に、貧しげなろうそくをあきなっている店がありました。

その家には、年よりの夫婦が住んでいました。おじいさんがろうそくを造って、おばあさんが店で売っていたのであります。この町の人や、また付近の漁師《りょうし》がお宮へおまいりをするときに、この店に立ち寄って、ろうそくを買って山へ上《のぼ》りました。

山の上には、松の木が生えていました。その中にお宮がありました。海の方から吹いてくる風が、松のこずえに当たって、昼も、夜も、ゴーゴーと鳴っています。そして、毎晩のように、そのお宮にあがったろうそくの火影《ほかげ》が、ちらちらと揺らめいているのが、遠い海の上から望まれたのであります。

ある夜《よ》のことでありました。おばあさんは、おじいさんに向かって、

「私たちが、こうして暮らしているのも、みんな神さまのお蔭《かげ》だ。この山にお宮がなかったら、ろうそくは売れない。私どもは、ありがたいと思わなければなりません。そう思ったついでに、私は、これからお山へ上っておまいりをしてきましょう」といいました。

「ほんとうに、おまえのいうとおりだ。私も毎日、神さまをありがたいと心ではお礼を申さない日はないが、つい用事にかまけて、たびたびお山へおまいりにゆきもしない。いいところへ気がつきなされた。私の分もよくお礼を申してきておくれ」と、おじいさんは答えました。

おばあさんは、とぼとぼと家を出かけました。月のいい晩で、昼間のように外は明るかったのであります。お宮へおまいりをして、おばあさんは山を降りてきますと、石段の下に、赤ん坊が泣いていました。

「かわいそうに、捨て子だが、だれがこんなところに捨てたのだろう。それにしても不思議なことは、おまいりの帰りに、私の目に止まるというのは、なにかの縁《えん》だろう。このままに見捨てていっては、神さまの罰《ばち》が当たる。きっと神さまが、私たち夫婦に子供のないのを知って、お授《さず》けになったのだから、帰っておじいさんと相談をして育てましょう」と、おばあさんは心の中でいって、赤ん坊を取り上げながら、

「おお、かわいそうに、かわいそうに」といって、家《うち》へ抱《だ》いて帰りました。

おじいさんは、おばあさんの帰るのを待っていますと、おばあさんが、赤ん坊を抱いて帰ってきました。そして、一部始終《ご》をおばあさんは、おじいさんに話しますと、

「それは、まさしく神さまのお授け子だから、大事にして育てなければ罰が当たる」

と、おじいさんも申しました。

二人は、その赤ん坊を育てることにしました。その子は女の子であったのです。そして胴から下のほうは、人間の姿でなく、魚の形をしていましたので、おじいさんも、おばあさんも、話に聞いている人魚にちがいないと思いました。

「これは、人間の子じゃあないが……」と、おじいさんは、赤ん坊を見て頭を傾けました。

「私も、そう思います。しかし人間の子でなくても、なんと、やさしい、かわいらしい顔の女の子ではありませんか」と、おばあさんはいいました。

「いいとも、なんでもかまわない。神さまのお授けなさった子供だから、大事にして育てよう。きっと大きくなったら、りこうな、いい子になるにちがいない」と、おじいさんも申しました。

その日から、二人は、その女の子を大事に育てました。大きくなるにつれて、黒目《くろめ》勝《が》ちで、美しい頭髪《かみのけ》の、肌《はだ》の色のうす紅《くれない》をした、おとなしいりこうな子となりました。

三

娘は、大きくなりましたけれど、姿が変わっているので、恥《は》ずかしがって顔を外へ出しませんでした。けれど、一目その娘を見た人は、みんなびっくりするような美しい器量でありましたから、中にはどうかしてその娘を見たいと思って、ろうそくを買いにきたものもありました。

おじいさんや、おばあさんは、

「うちの娘《むすめ》は、内気で恥ずかしがりやだから、人さまの前には出ないのです」といっていました。

奥《おく》の間でおじいさんは、せっせとろうそくを造っていました。娘は、自分の思いつきで、きれいな絵を描《か》いたら、みんなが喜んで、ろうそくを買うだろうと思いましたから、そのことをおじいさんに話しますと、そんならおまえの好きな絵を、ためしにかいてみるがいいと答えました。

娘は、赤い絵の具で、白いろうそくに、魚や、貝や、または海草のようなものを、産まれつきで、だれにも習ったのではないが上手に描《えが》きました。おじいさんは、それを見るとびっくりいたしました。だれでも、その絵を見ると、ろうそくがほしくなるように、その絵には、不思議《ふしぎ》な力と、美しさとがこもっていたのであります。

「うまいはずだ。人間ではない、人魚が描《か》いたのだもの」と、おじいさんは感嘆《かんたん》して、おばあさんと話し合いました。

「絵を描《か》いたろうそくをおくれ」といって、朝から晩まで、子供や、大人がこの店頭《みせさき》へ買いにきました。はたして、絵を描いたろうそくは、みんなに受けたのであります。

すると、ここに不思議な話がありました。この絵を描いたろうそくを山の上のお宮にあげて、その燃えさしを身につけて、海に出ると、どんな大暴風雨の日でも、けっして、船が転覆《てんぷく》したり、おぼれて死ぬような災難がないということが、いつからともなく、みんなの口々に、うわさとなって上《のぼ》りました。

「海の神さまを祭ったお宮さまだもの、きれいなろうそくをあげれば、神さまもお喜びなさるのにきまっている」と、その町の人々はいいました。

ろうそく屋では、ろうそくが売れるので、おじいさんはいっしょうけんめいに朝から晩まで、ろうそくを造りますと、そばで娘は、手の痛くなるのも我慢《がまん》して、赤い絵の具で絵を描いたのであります。

「こんな、人間並《なみ》でない自分をも、よく育てて、かわいがってくだすったご恩を忘れてはならない」と、娘は、老夫婦のやさしい心に感じて、大きな黒い瞳《ひとみ》をうるませたこともあります。

この話は遠くの村まで響《ひび》きました。遠方の船乗りや、また漁師は、神さまにあがった、絵を描いたろうそくの燃えさしを手に入れたいものだというので、わざわざ遠いところをやってきました。そして、ろうそくを買って山に登り、お宮に参詣《さんけい》して、ろうそくに火をつけてささげ、その燃えて短くなるのを待って、またそれをいただいて帰りました。だから、夜となく、昼となく、山の上のお宮には、ろうそくの火の絶えたことはありません。殊《こと》に、夜は美しく、燈火《ともしび》の光が海の上からも望まれたのであります。

「ほんとうに、ありがたい神さまだ」という評判は、世間にたちました。それで、急にこの山が名高くなりました。

神さまの評判は、このように高くなりましたけれど、だれも、ろうそくに一心をこめて絵を描いている娘のことを、思うものはなかったのです。したがって、その娘をかわいそうに思った人はなかったのであります。娘は、疲《つか》れて、おりおりは、月のいい夜に、窓から頭を出して、遠い、北の青い、青い、海を恋《こい》しがって、涙《なみだ》ぐんでながめていることもありました。

四

あるとき、南の方の国から、香具師《やし》*が入ってきました。なにか北の国へいって、珍《めずら》しいものを探して、それをば南の国へ持っていって、金をもうけようというのであります。

香具師は、どこから聞き込んできたものか、または、いつ娘の姿を見て、ほんとうの人間ではない、じつに世に珍しい人魚であることを見抜《みぬ》いたものか、ある日のこと、こっそりと年寄り夫婦のところへやってきて、娘にはわからないように、大金《たいきん》を出すから、その人魚を売ってはくれないかと申したのであります。

年寄り夫婦は、最初のうちは、この娘は、神さまがお授けになったのだから、どうして売ることができよう。そんなことをしたら、罰が当たるといって承知をしませんでした。香具師は一度、二度断られてもこりずに、またやってきました。そして、年より夫婦に向かって、

「昔から、人魚は、不吉なものとしてある。いまのうちに、手もとから離《はな》さないと、きっと悪いことがある」と、まことしやかに申したのであります。

年より夫婦は、ついに香具師のいうことを信じてしまいました。それに大金《たいきん》になりますので、つい金に心を奪《うば》われて、娘を香具師に売ることに約束をきめてしまったのであります。

香具師は、たいそう喜んで帰りました。いずれそのうちに、娘を受け取りにくるといいました。

この話を娘が知ったときは、どんなに驚《おどろ》いたでありましょう。内気な、やさしい娘は、この家から離れて、幾百里《いくひゃくり》も遠い、知らない、熱い南の国へゆくことをおそれました。そして、泣いて、年より夫婦に願ったのであります。

「わたしは、どんなにでも働きますから、どうぞ知らない南の国へ売られてゆくことは、許してくださいまし」といいました。

しかし、もはや、鬼《おに》のような心持ちになってしまった年寄り夫婦は、なんといっても、娘のいうことを聞き入れませんでした。

娘は、へやのうちに閉じこもって、いっしんにろうそくの絵を描いていました。しかし、年寄り夫婦はそれを見ても、いじらしいとも、哀《あわ》れとも、思わなかったのであります。

月の明るい晩のことであります。娘は、独り波の音を聞きながら、身の行く末を思うて悲しんでいました。波の音を聞いていると、なんとなく、遠くの方で、自分を呼んでいるものがあるような気がしましたので、窓から、外をのぞいてみました。けれど、ただ青い、青い海の上に月の光が、はてしなく、照らしているばかりでありました。

娘は、また、すわって、ろうそくに絵を描いていました。すると、このとき、表の方が騒《さわ》がしかったのです。いつかの香具師《やし》が、いよいよこの夜《よ》娘を連れにきたのです。大きな、鉄格子《てつごうし》のはまった、四角な箱を車に乗せてきました。その箱の中には、かつて、とらや、ししや、ひょうなどを入れたことがあるのです。

このやさしい人魚も、やはり海の中の獣物《けもの》だというので、とらや、ししと同じように取り扱《あつか》おうとしたのであります。ほどなく、この箱を娘が見たら、どんなにたまげたでありましょう。

娘は、それとも知らずに、下を向いて、絵を描いていました。そこへ、おじいさんと、おばあさんとが入ってきて、

「さあ、おまえはゆくのだ」といって、連れだそうとしました。

娘は、手に持っていたろうそくに、せきたてられるので絵を描くことができずに、それをみんな赤く塗《ぬ》ってしまいました。

娘は、赤いろうそくを、自分の悲しい思い出の記念に、二、三本残していったのであります。

五

ほんとうに穏《おだ》やかな晩のことです。おじいさんとおばあさんは、戸を閉めて、寝《ね》て

しまいました。

真夜中ごろでありました。トン、トン、と、だれか戸をたたくものがありました。年寄りのものですから耳さとく、その音を聞きつけて、だれだろうと思いました。

「どなた？」と、おばあさんはいいました。

けれどもそれには答えがなく、つづけて、トン、トン、と戸をたたきました。

おばあさんは起きてきて、戸を細めにあけて外をのぞきました。すると、一人の色の白い女が戸口に立っていました。

女はろうそくを買いにきたのです。おばあさんは、すこしでもお金がもうかることなら、けっして、いやな顔つきをしませんでした。

おばあさんは、ろうそくの箱を取り出して女に見せました。そのとき、おばあさんはびっくりしました。女の長い、黒い頭髪《かみのけ》がびっしょりと水にぬれて、月の光に輝《かがや》いていたからであります。女は箱の中から、真っ赤なろうそくを取り上げました。そして、じっとそれに見入っていましたが、やがて金を払《はら》って、その赤いろうそくを持って帰ってゆきました。

おばあさんは、燈火《ともしび》のところで、よくその金をしらべてみると、それはお金ではなくて、貝がらでありました。おばあさんは、だまされたと思って、怒《おこ》って、家《うち》から飛び出してみましたが、もはや、その女の影《かげ》は、どちらにも見えなかったのであります。

その夜《よ》のことであります。急に空の模様が変わって、近ごろにない大暴風雨《おおあらし》となりました。ちょうど香具師《やし》が、娘をおりの中に入れて、船に乗せて、南の方の国へゆく途中《とちゆう》で、沖《おき》にあったころであります。

「この大暴風雨《おおあらし》では、とても、あの船は助かるまい」と、おじいさんと、おばあさんは、ぶるぶると震《ふる》えながら、話をしていました。

夜が明けると、沖は真っ暗で、ものすごい景色でありました。その夜《よ》、難船をした船は、数えきれないほどであります。

不思議なことには、その後《のち》、赤いろうそくが、山のお宮に点《とも》った晩は、いままで、どんなに天気がよくても、たちまち大あらしとなりました。それから、赤いろうそくは、不吉ということになりました。ろうそく屋の年より夫婦は、神さまの罰が当たったのだといって、それぎり、ろうそく屋をやめてしまいました。

しかし、どこからともなく、だれが、お宮に上げるものか、たびたび、赤いろうそくがともりました。昔は、このお宮にあがった絵の描いたろうそくの燃えさしさえ持っていれば、けっして、海の上では災難にはかからなかったものが、今度は、赤いろうそくを見ただけでも、そのものはきっと災難にかかって、海におぼれて死んだのであります。

たちまち、このうわさが世間に伝わると、もはや、だれも、この山の上のお宮に参詣するものがなくなりました。こうして、昔、あらたかであった神さまは、いまは、町の鬼門《きもん》となってしまいました。そして、こんなお宮が、この町になければいいものと、うらまぬものはなかったのであります。

船乗りは、沖から、お宮のある山をながめておそれました。夜になると、この海の上は、なんとなくものすごうございました。はてしもなく、どちらを見まわしても、高い波がうねうねとうねっています。そして、岩に砕《くだ》けては、白いあわが立ち上がっています。月が、雲間からもれて波の面《おもて》を照らしたときは、まことに気味悪うございました。

真っ暗な、星もみえない、雨の降る晩に、波の上から、赤いろうそくの灯《ひ》が、漂《ただよ》って、だんだん高く登って、いつしか山の上のお宮をさして、ちらちらと動いてゆくのを見たものがあります。

幾年《いくねん》もたたずして、そのふもとの町はほろびて、滅《な》くなってしまいました。

＊香具師《やし》——縁日や祭りなど人出の多いところで、見せ物などを興行する人や、品物を売る人。

野ばら

大きな国と、それよりはすこし小さな国とが隣《とな》り合っていました。当座、その二つの国の間には、なにごとも起こらず平和でありました。

ここは都から遠い、国境《こっきょう》であります。そこには両方の国から、ただ一人ずつの兵隊が派遣《はけん》されて、国境を定めた石碑《せきひ》を守っていました。大きな国の兵士は老人でありました。そうして、小さな国の兵士は青年でありました。

二人は、石碑の建っている右と左に番をしていました。いたってさびしい山でありました。そして、まれにしかその辺を旅する人影《ひとかげ》は見られなかったのです。

初め、たがいに顔を知り合わない間は、二人は敵か味方かというような感じがして、ろくろくものもいいませんでしたけれど、いつしか二人は仲よしになってしまいました。二人は、ほかに話をする相手もなく退屈《たいくつ》であったからであります。そして、春の日は長く、うららかに、頭の上に照り輝《かがや》いているからでありました。

ちょうど、国境のところには、だれが植えたということもなく、一株《ひとかぶ》の野ばらがしげっていました。その花には、朝早くからみつばちが飛んできて集まっていました。その快《こころよ》い羽音《はおと》が、まだ二人の眠《ねむ》っているうちから、夢心地《ゆめごこち》に耳に聞こえました。

「どれ、もう起きようか。あんなにみつばちがきている」と、二人は申し合わせたように起きました。そして外へ出ると、はたして、太陽は木のこずえの上に元気よく輝いていました。

二人は、岩間からわき出る清水《しみず》で口をすすぎ、顔を洗いにまいりますと、顔を合わせました。

「やあ、おはよう。いい天気でございますな」

「ほんとうにいい天気です。天気がいいと、気持ちがせいせいします」

二人は、そこでこんな立ち話をしました。たがいに、頭を上げて、あたりの景色をながめました。毎日見ている景色でも、新しい感じを見る度に心に与《あた》えるものです。

青年は最初将棋《しょうぎ》の歩み方を知りませんでした。けれど老人について、それを教わりましてから、このごろはのどかな昼ごろには、二人は毎日向かい合って将棋を差していました。

初めのうちは、老人のほうがずっと強くて、駒《こま》を落として差していましたが、しまいにはあたりまえに差して、老人が負かされることもありました。

この青年も、老人も、いたっていい人々でありました。二人とも正直で、しんせつでありました。二人はいっしょうけんめいで、将棋盤《ばん》の上で争っても、心は打ち解けていました。

「やあ、これは俺《おれ》の負けかいな。こう逃《に》げつづけでは苦しくてかなわない。ほんとうの戦争だったら、どんなだかしれん」と、老人はいって、大きな口を開けて笑いました。

青年は、また勝ちみがあるのでうれしそうな顔つきをして、いっしょうけんめいに目を輝かしながら、相手の王さまを追っていました。

小鳥はこずえの上で、おもしろそうに唄《うた》っていました。白いばらの花からは、よい香《かお》りを送ってきました。

冬は、やはりその国にもあったのです。寒くなると老人は、南の方を恋《こい》しがりました。

その方には、せがれや、孫が住んでいました。

「早く、暇《ひま》をもらって帰りたいものだ」と、老人はいいました。

「あなたがお帰りになれば、知らぬ人がかわりにくるでしょう。やはりしんせつな、やさしい人ならいいが、敵、味方というような考えをもった人だと困ります。どうか、もうしばらくいてください。そのうちには、春がきます」と、青年はいいました。

やがて冬が去って、また春となりました。ちょうどそのころ、この二つの国は、なにかの利益問題から、戦争を始めました。そうしますと、これまで毎日、仲むつまじく、暮らしていた二人は、敵、味方の間柄《あいだがら》になったのです。それがいかにも、不思議なことに思われました。

「さあ、おまえさんと私《わたし》は今日から敵《かたき》どうしになったのだ。私はこんなに老いぼれていても少佐《しょうさ》だから、私の首を持ってゆけば、あなたは出世ができる。だから殺してください」と、老人はいいました。

これを聞くと、青年は、あきれた顔をして、

「なにをいわれますか。どうして私とあなたとが敵《かたき》どうしでしょう。私の敵《てき》は、ほかになければなりません。戦争はずっと北の方で開かれています。私は、そこへいって戦います」と、青年はいい残して、去ってしまいました。

国境には、ただ一人老人だけが残されました。青年のいなくなった日から、老人は、茫然《ぼうぜん》として日を送りました。野ばらの花が咲いて、みつばちは、日が上がると、暮れるころまで群がっています。いま戦争は、ずっと遠くでしているので、たとえ耳を澄《す》ましても、空をながめても、鉄砲《てっぽう》の音も聞こえなければ、黒い煙《けむり》の影すら見られなか

ったのであります。老人は、その日から、青年の身の上を案じていました。日はこうしてたちました。

ある日のこと、そこを旅人が通りました。老人は戦争について、どうなったかとたずねました。すると、旅人は、小さな国が負けて、その国の兵士はみなごろしになって、戦争は終わったということを告げました。

老人は、そんなら青年も死んだのではないかと思いました。そんなことを気にかけながら石碑の礎《いしずえ》に腰《こし》をかけて、うつむいていますと、いつか知らず、うとうとと居眠りをしました。かなたから、おおぜいの人のくるけはいがしました。見ると、一列の軍隊でありました。そして馬に乗ってそれを指揮するのは、かの青年でありました。その軍隊はきわめて静粛《せいしゅく》で声ひとつたてません。やがて老人の前を通るときに、青年は黙礼《もくれい》をして、ばらの花をかいだのでありました。

老人は、なにかものをいおうとすると目がさめました。それはまったく夢であったのです。それから一月《ひとつき》ばかりしますと、野ばらが枯《か》れてしまいました。その年の秋、老人は南の方へ暇をもらって帰りました。

月夜と眼鏡

町も、野も、いたるところ、緑の葉に包まれているころでありました。

おだやかな、月のいい晩のことであります。静かな町のはずれにおばあさんは住んでいましたが、おばあさんは、ただ一人、窓の下にすわって、針仕事をしていました。

ランプの灯《ひ》が、あたりを平和に照らしていました。おばあさんは、もういい年でありましたから、目がかすんで、針のめどによく糸が通らないので、ランプの灯に、いくたびも、すかしてながめたり、また、しわのよった指さきで、細い糸をよったりしていました。

月の光は、うす青く、この世界を照らしていました。なまあたたかな水の中に、木立も、家も、丘も、みんな浸《ひた》されたようであります。おばあさんは、こうして仕事をしながら、自分の若い時分のことや、また、遠方の親戚《しんせき》のことや、離《はな》れて暮らしている孫娘《まごむすめ》のことなどを、空想していたのであります。

目ざまし時計の音が、カタ、コト、カタ、コトとたなの上で刻んでいる音がするばかりで、あたりはしんと静まっていました。ときどき町の人通りのたくさんな、にぎやかな巷《ちまた》の方から、なにか物売りの声や、また、汽車のゆく音のような、かすかなとどろきが聞こえてくるばかりであります。

おばあさんは、いま自分はどこにどうしているのすら、思い出せないように、ぼんやりとして、夢を見るような穏《おだ》やかな気持ちですわっていました。

このとき、外の戸をコト、コトたたく音がしました。おばあさんは、だいぶ遠くなった耳を、その音のする方にかたむけました。いま時分、だれもたずねてくるはずがないからです。きっとこれは、風の音だろうと思いました。風は、こうして、あてもなく野原や、町を通るのであります。

すると、今度、すぐ窓の下に、小さな足音がしました。おばあさんは、いつもに似ず、それをききつけました。

「おばあさん、おばあさん」と、だれか呼ぶのであります。

おばあさんは、最初は、自分の耳のせいでないかと思いました。そして、手を動かすのをやめていました。

「おばあさん、窓を開けてください」と、また、だれかいいました。

おばあさんは、だれが、そういうのだろうと思って、立って、窓の戸を開けました。

外は、青白い月の光が、あたりを昼間のように、明るく照らしているのであります。

窓の下には、脊《せ》のあまり高くない男が立って、上を向いていました。男は、黒い眼鏡をかけて、ひげがありました。

「私《わたし》は、おまえさんを知らないが、だれですか？」と、おばあさんはいいました。

おばあさんは、見知らない男の顔を見て、この人はどこか家をまちがえてたずねてきたのではないかと思いました。

「私《わたし》は、眼鏡売りです。いろいろな眼鏡をたくさん持っています。この町へは、はじめてですが、じつに気持ちのいいきれいな町です。今夜は月がいいから、こうして売って歩くのです」と、その男はいいました。

おばあさんは、目がかすんでよく針のめどに、糸が通らないで困っていたやさきでありましたから、

「私の目に合うような、よく見える眼鏡はありますかい」と、おばあさんはたずねました。

男は手にぶらさげていた箱のふたを開きました。そして、その中から、おばあさんに向くような眼鏡をよっていましたが、やがて、一つのべっこうぶちの大きな眼鏡を取り出して、これを窓から顔を出したおばあさんの手に渡《わた》しました。

「これなら、なんでもよく見えること請《う》け合いです」と、男はいいました。

窓の下の男が立っている足もとの地面には、白や、紅《あか》や、青や、いろいろの草花《くさばな》が、月の光を受けてくろずんで咲いて、香《にお》っていました。

おばあさんは、この眼鏡をかけてみました。そして、あちらの目ざまし時計の数字や、暦《こよみ》の字などを読んでみましたが、一字、一字がはっきりとわかるのでした。それは、ちょうど幾《いく》十年前の娘の時分には、おそらく、こんなになんでも、はっきりと目に映ったのであろうと、おばあさんに思われたほどです。

おばあさんは、大喜びでありました。

「あ、これをおくれ」といって、さっそく、おばあさんは、この眼鏡を買いました。

おばあさんが、銭《ぜに》を渡すと、黒い眼鏡をかけた、ひげのある眼鏡売りの男は、立ち去ってしまいました。男の姿が見えなくなったときには、草花だけが、やはりもとのように、夜の空気の中に香っていました。

おばあさんは、窓を閉めて、また、もとのところにすわりました。こんどは楽々と針のめどに糸を通すことができました。おばあさんは、眼鏡をかけたり、はずしたりしました。ちょうど子供のように珍《めずら》しくて、いろいろにしてみたかったのと、もう一つは、ふだんかけつけないのに、急に眼鏡をかけて、ようすが変わったからでありました。

おばあさんは、かけていた眼鏡を、またはずしました。それをたなの上の目ざまし時計のそばにのせて、もう時刻もだいぶ遅《おそ》いから休もうと、仕事を片づけにかかりました。

このとき、また外の戸をトン、トンとたたくものがありました。

おばあさんは、耳を傾《かたむ》けました。

「なんという不思議な晩だろう。また、だれかきたようだ。もう、こんなにおそいのに……」と、おばあさんはいって、時計を見ますと、外は月の光に明るいけれど、時刻はもうだいぶ更《ふ》けていました。

おばあさんは立ち上がって、入《い》り口《ぐち》の方にゆきました。小さな手でたたくと見えて、トン、トンというかわいらしい音がしていたのであります。

「こんなにおそくなってから……」と、おばあさんは口のうちでいいながら戸を開けてみました。するとそこには、十二、三の美しい女の子が目をうるませて立っていました。

「どこの子か知らないが、どうしてこんなにおそくたずねてきました？」と、おばあさんは、いぶかしがりながら問いました。

「私《わたし》は、町の香水製造場《こうすいせいぞうじょう》に雇《やと》われています。毎日、毎日、白ばらの花から取った香水をびんに詰《つ》めています。そして、夜、おそく家《うち》に帰ります。今夜も働いて、独りぶらぶら月がいいので歩いてきますと、石につまずいて、指をこんなに傷つけてしまいました。私は、痛くて、痛くて我慢《がまん》ができないのです。血が出てとまりません。もう、どの家《うち》もみんな眠《ねむ》ってしまいました。この家《うち》の前を通ると、まだおばあさんが起きておいでなさいます。私は、おばあさんがごしんせつな、やさしい、いい方だということを知っています。それでつい、戸をたたく気になったのであります」と、髪《かみ》の毛の長い、美しい少女はいいました。

おばあさんは、いい香水の匂《にお》いが、少女の体にしみているとみえて、こうして話している間に、ぷんぷんと鼻にくるのを感じました。

「そんなら、おまえは、私を知っているのですか」と、おばあさんはたずねました。

「私は、この家《うち》の前をこれまでたびたび通って、おばあさんが、窓の下で針仕事をなさっているのを見て知っています」と、少女は答えました。

「まあ、それはいい子だ。どれ、その怪我《けが》をした指を、私にお見せなさい。なにか薬をつけてあげよう」と、おばあさんはいいました。そして、少女をランプの近くまで連れてきました。少女は、かわいらしい指を出して見せました。すると、真っ白な指から赤い血が流れていました。

「あ、かわいそうに、石ですりむいて切ったのだろう」と、おばあさんは、口のうちでいいましたが、目がかすんで、どこから血が出るのかよくわかりませんでした。

「さっきの眼鏡はどこへいった」と、おばあさんは、たなの上を探しました。眼鏡は、目ざまし時計のそばにあったので、さっそく、それをかけて、よく少女の傷口を、見てやろうと思いました。

おばあさんは、眼鏡をかけて、この美しい、たびたび自分の家《いえ》の前を通ったという娘の顔を、よく見ようとしました。すると、おばあさんはたまげてしまいました。それは、娘ではなくて、きれいな一つのこちょうでありました。おばあさんは、こんな穏やかな月夜の晩には、よくこちょうが人間に化けて、夜おそくまで起きている家を、たずねることがあるものだという話を思い出しました。そのこちょうは足を傷《いた》めていたのです。

「いい子だから、こちらへおいで」と、おばあさんはやさしくいいました。そして、おばあさんは先に立って、戸口から出て裏の花園《はなぞの》の方へとまわりました。少女は黙《だま》って、おばあさんの後についてゆきました。

花園には、いろいろの花が、いまを盛《さか》りと咲いていました。昼間は、そこに、ちょうや、みつばちが集まっていて、にぎやかでありましたけれど、いまは、葉陰《はかげ》で楽しい夢を見ながら休んでいるとみえて、まったく静かでした。ただ水のように月の青白い光が流れていました。あちらの垣根《かきね》には、白い野ばらの花が、こんもりと固まって、雪のように咲いています。

「娘はどこへいった?」と、おばあさんは、ふいに立ち止まって振《ふ》り向きました。後からついてきた少女は、いつのまにか、どこへ姿を消したものか、足音もなく見えなくなってしまいました。

「みんなお休み、どれ私も寝よう」と、おばあさんはいって、家の中へ入ってゆきました。

ほんとうに、いい月夜でした。

しいの実《み》

田舎《いなか》からきている、おたけのところへ、ある日小包と、それといっしょに、小さな妹からの手紙がとどきました。小包をあけると、お母さんのこしらえてくださった羽織と、袋《ふくろ》にいれたしいの実が出てきました。

おたけは、つぎに、妹のよこした、手紙を開いてみると、

「今年も、神社の森のしいの実がたくさん落ちたから、ひろいにいきました。弟をおぶってひろうのだから、ほかの子のように、よけいにひろえなかったので、ざんねんです。去年は、姉《ねえ》さんとたくさんひろったのを思い出して、いまごろ、姉さんは、どうしていなさるだろうと思っています……」

おたけは、読むうちに、だんだん、お母さんや、妹のことなどが思い出されて、涙《なみだ》が目に浮《う》かんできました。

「坊《ぼっ》ちゃん、こんなもの、田舎からおくってきましたから」

おたけは、義雄《よしお》さんや、澄子《すみこ》さんのいる前へ、しいの実を出しました。

「どんぐりを送ってきた？」と、義雄さんは、珍《めずら》しがりました。

「しいの木《き》の実でございます」

「まあ、これがしいの木の実なの」と、澄子さんも、目をみはりました。

都会では、めったと、どんぐりも、しいの実も、見ることがなかったのです。

「どうして、たべるの」と、二人は、ききました。

「生《なま》でも、たべられますが、いってたべるとおいしゅうございます」

こうおたけが、いったので、お母さんにお見せして、さっそく、おたけに、いってもらいました。

あくる日、義雄さんは、しいの実を、すこしばかり、紙につつんで、学校へ持っていきました。遊ぶ時間のことです。

「竹中《たけなか》くん、いいものあげようか」と、義雄さんがいいますと、

「義雄くん、僕《ぼく》にも、おくれよ」と、二、三人、まわりに寄ってきました。

「これは、うまいよ」と、義雄さんは、かくしから、しいの実をだして、自分が、まず一つからを破ってたべてみせてから、みんなに、すこしずつ分けてやりました。

「これなんの木の実だい」

「義雄くん、どんぐりみたいだね」

「まあ、たべてごらんよ」

「たべられるんだね」

「君、どんぐりの実をたべると、つんぼになるというぜ」

「つんぼでない、おしになるというんだろう」

「おしになったら、たまらんな」

　みんなは、口々に、こんなことをいって、笑っていましたが、義雄さんが、平気でたべているのを見て、安心したものか、めいめいが、からを破ってたべました。

「うまいものだね、これ、なにの実なの」と、竹中がききました。

「義雄くん、なんの木の実」と、小田《おだ》が、ききました。みんなが、都会で生まれて、この木の実の名を知らなかったのです。

「どんぐりの実さ」と、義雄さんが、笑って答えると、みんなは、目をまるくしました。その中でもいちばん、神経質な小田は、顔の色をかえてしまいました。

「おい、じょうだんじゃないぜ。僕たちみんなおしになったり、つんぼになったら、どうするんだい」と、ひょうきんな、高井《たかい》がいいました。またみんなは、思わず笑い出しました。

「安心せいよ、しいの木の実だから」と、義雄さんが、教えると、

「これが、しいの実かい。なかなかうまいものだね」

「義雄くん、もっと、おくれよ」

「もう、ここにないから、あしたまた持ってきてあげるよ」

「まだ、うちにあるんだね。たくさん、持ってきておくれよ」

みんなが、はればれした顔をして、こんなことをいっているとき、鐘《かね》が鳴りました。

その晩、義雄さんは、お母さんにつれられて暮れの街へ出かけました。澄子さんは、バザーの日が近づいたので、お家《うち》で、セーターを編んでいました。

「私《わたし》も、いっしょにいきたいのだけれど、いかれなくてつまらないわ」といいながら、しいの実を食べたり、また、編み棒をうごかしたりしていました。

「このしいの木のあるところは、さびしいとこ？」と、澄子さんは、おたけに、たずねました。

おたけは、ふるさとの林の景色を目に描いて、雪の降る時分になると、山から、うさぎが落ちているしいの実や、いろいろの木の実を拾いにくることなどを話しました。

「このしいの実は、妹さんが、拾ったの」と、澄子さんが、ききましたから、二つになる、弟を負《おぶ》って守《も》りをしながら、拾ったということを話しました。

澄子さんは、下を向いて、毛糸を編みながら、風のさらさらとこずえに鳴る、さびしい田舎の景色を考えていたのでした。

バザーに出すという、セーターは、やっとでき上がりました。澄子さんは、それをお母さんにお見せすると、

「まあ、器用でないのね、いかを焼いたように、かっこうがわるくちぢんでしまったのね」と、おっしゃったのですが、しかし平常《ふだん》しつけない技術であり、これよりうまくは、できぬと思ったから、澄子さんは、それを宣教師の先生のところへ持ってまいりました。

先生は、おばあさんでしたが、たいそうやさしい人でした。生まれは英国とかいいます。世界大戦の時分に、ベルギーにいて、困る人たちのために、いろいろお骨おりをなされたのでした。その時分の話を、なにかにつけてなされたことがあります。そして、こちらにきてからも、貧しい人たちのために、つくされたのでした。せめて、お正月のおもちなりと、そうした人たちにくばりたいとの心から、こんどのバザーが催されたのでした。

先生の前へ、澄子さんは、きまり悪そうに自分の編んだ、子供のセーターを出しました。

「おお、かわいらしいこと、これは、きっと小さな男の子に向きますよ。どうもありがとう」と、先生は、喜んでお礼をいわれました。澄子さんはうれしいなかにも、はずかしかったのです。そして、心のうちで、やさしい先生だと思いました。

家に帰って、そのことを、お母さんにお話すると、

「いい先生ですね。もし澄子のセーターを、だれも、買い手がなかったら、お母さんが買ってあげますよ」と、おっしゃいました。

いよいよ、明日《あした》から、バザーがはじまるとなると、澄子さんは、

「私のつくった、セーターは売れるかしらん」と、なんとなく、気がかりになりました。

第一日には、いろいろの品が、売れましたけれど、澄子さんの、セーターは、まだ残ったのです。そして、その翌日、お母さんが、バザーをごらんなさりにいって、買ってくださいました。

「澄子、やはり、いいと思う品から売れていきますよ。このつぎにはもっと、上手におこさえなさいね」と、お母さんは、おっしゃいました。

「お母さん、このセーターを、おたけのうちの子供にプレゼントなさいよ」と、義雄さんがいったので、みんなは、ああそれがいいといって、おたけから、小さな弟に送

らせたのです。しいの実をのせてきた、汽車は、こんどは、青い色の、かわいらしいセーターをのせてゆきました。その田舎には、雪が降っています。

ある夜《よ》の星たちの話

それは、寒い、寒い冬の夜《よ》のことでありました。空は、青々として、研《と》がれた鏡のように澄《す》んでいました。一片《ぺん》の雲すらなく、風も、寒さのために傷《いた》んで、すすり泣きするような細い声をたてて吹《ふ》いている、冬のことでありました。

はるか、遠い、遠い、星の世界から、下の方の地球を見ますと、真っ白に霜《しも》に包まれていました。

いつも、ぐるぐるとまわっている水車場《すいしゃば》の車は止まっていました。また、いつもさらさらといって流れている小川の水も、止まって動きませんでした。みんな寒さのために凍《こお》ってしまったのです。そして、田の面《おもて》には、氷が張っていました。

「地球の上は、しんとしていて、寒そうに見えるな」と、このとき、星の一つがいいました。

平常《ふだん》は、大空にちらばっている星たちは、めったに話をすることはありません。なんでも、こんなような、寒い冬の晩で、雲もなく、風もあまり吹かないときでなければ、彼らは言葉を交わし合わないのであります。

なんでも、しんとした、澄みわたった夜《よる》が、星たちには、いちばん好きなのです。星たちは、騒《さわ》がしいことは好みませんでした。なぜというに、星の声は、それはそれはかすかなものであったからであります。ちょうど真夜中の一時から、二時ごろにかけてでありました。夜《よる》の中でも、いちばんしんとした、寒い刻限でありました。

「いまごろは、だれも、この寒さに、起きているものはなかろう。木立も、眠《ねむ》っていれば、山にすんでいる獣は、穴にはいって眠っているであろうし、水の中にすんでいる魚《さかな》は、なにかの物蔭《ものかげ》にすくんで、じっとしているにちがいない。生きているものは、みんな休んでいるのであろう」と、一つの星がいいました。

このとき、これに対して、あちらに輝《かがや》いている小さな星がいいました。この星は、終夜《しゅうや》、下の世界を見守っている、やさしい星でありました。

「いえ、いま起きている人があります。私《わたし》は一軒の貧しげな家をのぞきますと、二人の子供は、昼間の疲《つか》れですやすやとよく休んでいました。姉のほうの子は、工場《こうば》へいって働いているのです。弟のほうの子は、電車の通る道の角に立って新聞を売っているのです。二人の子供は、よくお母さんのいうことをききます。二人とも、あまり年がいっていませんのに、もう世の中に出て働いて、貧しい一家のために生活の助けをしなければならないのです。母親は、乳飲《ちの》み児《ご》を抱《だ》いて休んでいました。しかし、乳が乏《とぼ》しいのでした。赤ん坊は、毎晩夜中になると乳をほしがります。いま、お母さんは、この夜中に起きて、火鉢《ひばち》で牛乳のびんをあたためています。そして、もう赤ちゃんがかれこれ、お乳をほしがる時分だと思っています」

「二人の子供はどんな夢を見ているだろうか？　せめて夢になりと、楽しい夢を見せてやりたいものだ」と、ほかの一つの星がいいました。

「いや、姉のほうの子は、お友だちと公園へいって、道を歩いている夢を見ています。春の日なので、いろいろの草花《くさばな》が、花壇《かだん》の中に咲いています。その花の名などを、二人が話し合っています。ふとんの外へ出ている顔に、やさしいほほえみが浮かんでいます。この姉のほうの子は、いま幸福であります」と、やさしい星は答えました。

「男の子は、どんな夢を見ているだろうか？」と、またほかの星がたずねました。

「あの子は、昨日《きのう》、いつものように、停留場《ていりゅうじょう》に立って新聞を売っていますと、どこかの大きな犬がやってきて、ふいに、子供に向かってほえついたので、どんなに、子供はびっくりしたでしょう。そのことが、頭にあるとみえて、いま大きな犬に追いかけられた夢を見てしくしくと泣いていました。無邪気《むじゃき》なほおの上に涙《なみだ》が流れて、うす暗い燈火《ともしび》の光が、それを照らしています」と、やさしい星は答えました。

　すると、いままで黙《だま》っていた、遠方にあった星が、ふいに声をたてて、

「その子供が、かわいそうじゃないか。だれか、どうかしてやったらいいに」といいました。

「私は、その子が、目をさまさないほどに、揺《ゆ》り起こしました。そして、それが夢であることを知らしてやりました。それから子供は、やすやすと平和に眠っています」

と、やさしい星は答えました。

　星たちは、それで、二人の子供らについては、安心したようです。ただ哀《あわ》れな母親が、この寒い夜《よる》にひとり起きて、牛乳を温めているのを不憫《ふびん》に思っていました。

　それから、しばらく、星たちは沈黙《ちんもく》をしていました。が、たちまち、一つの星が、

「まだ、ほかに、働いているものはないか？」とききました。

　その星は、目の見えない、運命をつかさどる星でありました。

　下界のことを、いつも忠実に見守っているやさしい星は、これに答えて、

「汽車が、夜中《よなか》通っています」といいました。

　ほんとうに、汽車ばかりは、どんな寒い晩にも、風の吹く晩にも、雨の降る晩にも、休まずに働いています。

「汽車が通っている？」と、盲目《めくら》の星は、きき返しました。

「そうです、汽車が、通っています。町からさびしい野原へ、野原から山の間を、休まずに通っています。その中に乗っている乗客は、たいてい遠いところへ旅をする人々でした。この人たちは、みんな疲れて居眠りをしています。けれど、汽車だけは休まずに走りつづけています」と、下界のようすをくわしく知っている星は答えました。

「よく、そう体が疲れずに、汽車は走れたものだな」と、運命の星は、頭をかしげました。

「その体が、堅《かた》い鉄で造られていますから、さまで応《こた》えないのです」と、やさしい星がいいました。

これを聞くと、運命の星は、身動きをしました。そして、怖《おそ》ろしくすごい光を発しました。なにか、自分の気にいらぬことがあったからです。

「そんなに堅固《けんご》な、身のほどの知らない、鉄というものが、この宇宙に存在するのか？　俺《おれ》は、そのことをすこしも知らなかった」と、盲目の星はいいました。

鉄という、堅固なものが存在して、自分に反抗するように考えたからです。

このとき、やさしい星はいいました。

「すべてのものの運命をつかさどっているあなたに、なんで汽車が反抗できますものですか。汽車や、線路は、鉄で造られてはいますが、その月日のたつうちにはいつかはしらず、磨滅《まめつ》してしまうのです。みんな、あなたに征服されます。あなたをおそれないものはおそらく、この宇宙に、ただの一つもありますまい」

これを聞くと、運命の星は、快《こころよ》げにほほえみました。そして、うなずいたのでありました。

また、しばらく時が過ぎました。空に風が出たようです。だんだん暁《あかつき》が近づいてくることが知れました。

星たちは、しばらく、みんな黙っていましたが、このとき、ある星が、

「もう、ほかに変わったことがないか」といいました。

ちょうど、このときまで、熱心に下の地球を見守っていましたやさしい星は、

「いま、二つの工場《こうじょう》の煙突《えんとつ》が、たがいに、どちらが毎日、早く鳴るかといって、いい争っているのです」といいました。

「それは、おもしろいことだ。煙突がいい争っているのですか?」と、一つの星は、たずねました。

新開地にできた工場《こうじょう》が、並び合って二つありました。一つの工場は紡績《ぼうせき》工場でありました。そして一つの工場は、製紙工場でありました。毎朝、五時に汽笛が鳴るので

すが、いつもこの二つは前後して、同じ時刻に鳴るのでした。

二つの工場の屋根には、おのおの高い煙突が立っていました。星晴れのした寒い空に、二つは高く頭をもたげていましたが、この朝、昨日《きのう》どちらの工場の汽笛が早く鳴ったかということについて、議論をしました。

「こちらの工場の汽笛が早く鳴った」と、製紙工場の煙突は、いいました。

「いや、私《わたし》のほうの工場の汽笛が早かった」と、紡績工場の煙突はいいました。

結局、この争いは、果てしがつかなかったのです。

「今日は、どちらが早いかよく気をつけていろ!」と、製紙工場の煙突は、怒《おこ》って、紡績工場の煙突に対《むか》っていいました。

「おまえも、よく気をつけていろ! しかし、二人では、この裁判はだめだ。だれか、たしかな証人がなくては、やはり、いい争いができて同じことだろう」と、紡績工場の煙突はいいました。

「それも、そうだ」

こういって、二つの煙突が話し合っていることを、空のやさしい星は、すべて聞いていたのであります。

「二つの煙突が、どちらの工場の汽笛が早いか、だれか、裁判するものをほしがっています」と、やさしい星は、みんなに向かっていいました。

「だれか、工場のあたりに、それを裁判してやるようなものはないのか」と、一つの星がいいました。

するとあちらの方から、

「この寒い朝、そんなに早くから起きるものはないだろう。みんな床《とこ》の中に、もぐり込《こ》んでいて、そんな汽笛の音に注意をするものはない。それを注意するのは、貧しい家に生まれて親の手助けをするために、早くから工場へいって働くような子供らばかりだ」といった星がありました。

「そうです。あの貧しい家の二人の子供も、もう床の中で目をさましています」と、やさしい星はいいました。

それから後《のち》も、やさしい星だけは、下の世界をじっと見守っていました。

姉も、弟も、床の中で目をさましていたのです。

「もうじき、夜が明けますね」と、弟は、姉の方を向いていいました。

また、今日も電車の停留場へいって、新聞を売らねばならないのです。弟は昨夜《ゆうべ》、犬に追いかけられた夢を思い出していました。

「いま、じきに、製紙工場か、紡績工場かの汽笛が鳴ると、五時なんだから、それが鳴ったら、お起きなさいよ。姉さんは、もう起きてご飯の支度《したく》をするから」と、姉はいいました。

このとき、すでに母親は起きていました。そして、姉さんのほうが起きて、お勝手もとへくると、

「今日は、たいへんに寒いから、もっと床の中にもぐっておいで。いまお母さんが、ご飯の支度して、できたら呼ぶから、それまで休んでおいでなさい。まだ、工場の汽笛が鳴らないのですよ」と、お母さんはいわれました。

「お母さん、赤ちゃんは、よく眠っていますのね」と、姉はいいました。

「寒いから、泣くんですよ。いまやっと眠入《ねい》ったのです」と、お母さんは、答えました。

姉さんのほうは、もう床にはいりませんでした。そして、お母さんのすることをてつだいました。

地の上は、真っ白に霜にとざされていました。けれど、もうそここに、人の動く気がしたり、物音がしはじめました。星の光は、だんだんと減ってゆきました。そして、太陽が顔を出すには、まだすこし早かったのです。

眠《ねむ》い町

一

この少年は、名を知られなかった。私《わたし》は仮にケーと名づけておきます。

ケーがこの世界を旅行したことがありました。ある日、彼は不思議な町にきました。この町は「眠《ねむ》い町」という名がついておりました。見ると、なんとなく活気がない。また音ひとつ聞こえてこない寂然《しん》とした町であります。また建物といっては、いずれも古びていて、壊《こわ》れたところも修繕《しゅうぜん》するではなく、烟《けむり》ひとつ上がっているのが見えません。それは工場《こうば》などがひとつもないからでありました。

町はだらだらとして、平地の上に横たわっているばかりであります。しかるに、どうしてこの町を「眠い町」というかといいますと、だれでもこの町を通ったものは、不思議なことには、しぜんと体が疲《つか》れてきて眠くなるからでありました。それで日に幾人《いくにん》となくこの町を通る旅人が、みなこの町にきかかると、急に体に疲れを覚えて眠くなりますので、町はずれの木《こ》かげの下や、もしくは町の中にある石の上に腰《こし》を下ろして、しばらく休もうといたしまするうちに、まるで深い深い穴の中にでも引き込まれるように眠くなって、つい知らず知らず眠ってしまいます。

ようやく目がさめた時分には、もういつしか日が暮れかかっているので、驚《おどろ》いて起《た》ち上がって道を急ぐのでありました。この話がだれからだれに伝わるとなく広がって、旅する人々はこの町を通ることをおそれました。そして、わざわざこの町を通ることを避《さ》けて、ほかのほうを遠まわりをしてゆくものもありました。

ケーは、人々のおそれるこの「眠い町」が見たかったのです。人の怖《おそ》ろしがる町へいってみたいものだ。己《おれ》ばかりはけっして眠くなったとて、我慢《がまん》をして眠りはしないと心に決めて、好奇心《こうきしん》の誘《さそ》うままに、その「眠い町」の方を指して歩いてきました。

二

なるほどこの町にきてみると、それは人々のいったように気味の悪い町でありました。音ひとつ聞こえるではなく、寂然《しん》として昼間も夜のようでありました。また烟ひとつ上がっているではなく、なにひとつ見るようなものはありません。どの家も戸を閉めきっています。まるで町全体が、ちょうど死んだもののように静かでありました。

ケーは壊れかかった黄色な土のへいについて歩いたり、破れた戸のすきまから中のようすをのぞいたりしました。けれど、家の中には人が住んでいるのか、それともだれも住んでいないのかわからないほど静かでありました。たまたまやせた犬が、どこからきたものか、ひょろひょろとした歩みつきで町の中をうろついているのを見ました。ケーは、この犬はきっと旅人が連れてきた犬であろう、それがこの町の中で主人を見失って、こうしてうろついているのであろうと思いました。ケーはこうして、この町の中を探検していますうちに、いつともなしに体が疲れてきました。

「ははあ、なんだか疲れて、眠くなってきたぞ。ここで眠っちゃならない。我慢をしていなくちゃならない」

と、ケーは独り言をして、自分で気を励ましました。

けれど、それは、ちょうど麻酔薬《ますいやく》をかがされたときのように、体がだんだんしびれてきました。そして、もうすこしでもこうしていることができなくなったほど、眠くなってきましたので、ケーはついに我慢がしきれなくなって、そこのへいの辺に倒《たお》れたまま、前後も忘れて高いいびきをかいて寝入《ねい》ってしまいました。

三

　よく眠ったと思いますと、だれか自分を揺《ゆ》り起こしているようでありましたから、ケーは驚いて目をみはって起き上がりますと、いつのまにやら日はまったく暮れていて、四辺《あたり》には青い月の光が冷ややかに彩《いろど》っていました。

「もう何時ごろだろう、これはしまったことをしてしまった。いくら眠くても、我慢をして眠るのではなかったが」

と、ケーは大いに後悔《こうかい》しました。けれども、もはやしかたがありません。

　彼は、そこに落ちていた自分の帽子《ぼうし》を拾い上げて、それをかぶりました。そして四辺《あたり》を見まわしますと、すぐ自分のそばに一人のじいさんが、大きな袋《ふくろ》をかついで立っていました。

　ケーは、このじいさんを見ると、だれか自分を揺り起こしたように思ったが、このじいさんであったかと考えましたから、彼は臆《おく》する色なく、そのじいさんの方に歩いて近づきました。月の光で、よくそのじいさんの姿を見守ると、破れた洋服を着て、古くなったぼろぐつをはいていました。もうだいぶの年とみえて、白いひげが伸《の》びていました。

「あなたはだれですか」

と、少年は声に力を入れて問いました。

するとじいさんは、とぼとぼとした歩きつきをして、ケーの方に寄ってきて、

「私《わし》だ、おまえを起こしたのは！　私はおまえに頼《たの》みがある。じつは私がこの眠い町を建てたのだ。私はこの町の主《ぬし》である。けれど、おまえも見るように、私はもうだいぶ年を取っている。それでおまえに頼みがあるのだが、ひとつ私の頼みを聞いてくれぬか」

と、そのじいさんは、この少年に話しかけました。

ケーは、こういってじいさんから頼まれれば、男子として聞いてやらぬわけにはゆきません。

「僕《ぼく》の力でできることなら、なんでもしてあげよう」

ケーは、このじいさんに誓《ちか》いました。じいさんは、この少年の言葉を聞いて、ひじように喜びました。

「やっと私《わし》は安心した。そんならおまえに話すとしよう。私は、この世界に昔から住んでいた人間である。けれど、どこからか新しい人間がやってきて、私の領土をみんな奪《うば》ってしまった。そして私の持っていた土地の上に鉄道を敷《し》いたり汽船を走らせた

り、電信をかけたりしている。こうしてゆくと、いつかこの地球の上は、一本の木も一つの花も見られなくなってしまうだろう。私は昔から美しいこの山や、森林や、花の咲く野原を愛する。いまの人間はすこしの休息《やすみ》もなく、疲れということも感じなかったら、またたくまにこの地球の上は砂漠《さばく》となってしまうのだ。私は疲労の砂漠から、袋にその疲労の砂を持ってきた。私は背中にその袋をしょっている。この砂をすこしばかり、どんなものの上にでも振《ふ》りかけたなら、そのものは、すぐに腐《くさ》れ、さび、もしくは疲れてしまう。で、おまえにこの袋の中の砂を分けてやるから、これからこの世界を歩くところは、どこにでもすこしずつ、この砂をまいていってくれい」

と、じいさんは、ケーに頼んだのでありました。

四

少年は、じいさんから、不思議な頼みを受けて、袋を持って、この地球の上を歩きました。ある日、彼はアルプス山の中を歩いていますと、いうにいわれぬいい景色のところがありました。そこには幾百人《いくひゃくにん》の土方《どかた》や工夫《こうふ》が入っていて、昔からの大木をきり倒し、みごとな石をダイナマイトで打ち砕《くだ》いて、その後から鉄道を敷いておりました。そこで少年は、袋の中から砂を取り出して、せっかく敷いたレールの上に振りかけました。すると、見るまに白く光っていた鋼鉄のレールは真っ赤にさびたように見えたのでありました……。

またある繁華《はんか》な雑沓《ざっとう》をきわめた都会をケーが歩いていましたときに、むこうから走ってきた自動車が、危《あや》うく殺すばかりに一人のでっち小僧《こぞう》をはねとばして、ふりむきもせずゆきすぎようとしましたから、彼は袋の砂をつかむが早いか、車輪に投げかけました。すると見るまに車の運転は止まってしまいました。で、群集は、この無礼な自動車を難なく押《お》さえることができました。

またあるとき、ケーは土木工事をしているそばを通りかかりますと、多くの人足が疲れて汗《あせ》を流していました。それを見ると気の毒になりましたから、彼は、ごくすこしばかりの砂を監督《かんとく》人の体にまきかけました。と、監督は、たちまちの間に眠気をもよおし、

「さあ、みんなも、ちっと休むだ」

といって、彼は、そこにある帽子を頭に当てて日の光をさえぎりながら、ぐうぐうと寝こんでしまいました。

ケーは、汽車に乗ったり、汽船に乗ったり、また鉄工場《てっこうじょう》にいったりして、この砂をいたるところでまきましたから、とうとう砂はなくなってしまいました。

「この砂がなくなったら、ふたたびこの眠い町に帰ってこい。すると、この国の皇子《おうじ》にしてやる」

と、じいさんのいった言葉を思い出し、少年は、じいさんにあおうと思って、「眠い町」に旅出をしました。

幾日かの後「眠い町」にきました。けれども、いつのまにか昔見たような灰色の建物は跡形《あとかた》もありませんでした。のみならず、そこには大きな建物が並んで、烟が空にみなぎっているばかりでなく、鉄工場からは響《ひび》きが起こってきて、電線はくもの巣のように張られ、電車は市中を縦横に走っていました。

この有り様を見ると、あまりの驚きに、少年は声をたてることもできず、驚きの眼《まなこ》をみはって、いっしょうけんめいにその光景を見守っていました。

大きなかに

それは、春の遅《おそ》い、雪の深い北国《ほっこく》の話であります。ある日のこと太郎は、おじいさんの帰ってくるのを待っていました。

おじいさんは、三里ばかり隔《へだ》たった、海岸の村へ用事があって、その日の朝早く家を出ていったのでした。

「おじいさん、いつ帰ってくるの？」と、太郎は、そのとき聞きました。

すっかり仕度《したく》をして、これから出てゆこうとしたおじいさんは、にっこり笑って、太郎の方を振《ふ》り向きながら、

「じきに帰ってくるぞ。晩までには帰ってくる……」といいました。

「なにか、帰りにおみやげを買ってきてね」と、少年は頼《たの》んだのであります。

「買ってきてやるとも、おとなしくして待っていろよ」と、おじいさんはいいました。

やがておじいさんは、雪を踏《ふ》んで出ていったのです。その日は、曇った、うす暗い日でありました。太郎は、いまごろ、おじいさんは、どこを歩いていられるだろうと、

さびしい、そして、雪で真っ白な、広い野原の景色などを想像していたのです。

そのうちに、時間はだんだんたってゆきました。外には、風の音が聞こえました。雪か霰《あられ》が降ってきそうに、日の光も当たらずに、寒うございました。

「こんなに天気が悪いから、おじいさんは、お泊《と》まりなさるだろう」と、家《うち》の人たちはいっていました。

太郎は、おじいさんが、晩までには、帰ってくるといわれたから、きっと帰ってこられるだろうと堅《かた》く信じていました。それで、どんなものをおみやげに買ってきてくださるだろうと考えていました。

そのうちに、日が暮れかかりました。けれど、おじいさんは帰ってきませんでした。もうあちらの野原を歩いてきなさる時分だろうと思って、太郎は、戸口まで出て、そこにしばらく立って、遠くの方を見ていましたけれど、それらしい人影《ひとかげ》も見えませんでした。

「おじいさんは、どうなさったのだろう？　きつねにでもつれられて、どこへかゆきなされたのではないかしらん？」

太郎は、いろいろと考えて、独りで、心配をしていました。

「きっと、天気が悪いから、途中《とちゅう》で降られては困ると思って、今夜はお泊まりなさったにちがいない」と、家《うち》の人たちは語り合って、あまり心配をいたしませんでした。

しかし太郎は、どうしても、おじいさんが、今夜泊まってこられるとは信じませんでした。

「きっと、おじいさんは、帰ってきなさる。それまで自分は起きて待っているのだ」と、心にきめて、暗くなってしまってからも、その夜《よ》にかぎって、太郎は、床《とこ》の中へ入って眠《ねむ》ろうとはせずに、いつまでも、ランプの下にすわって起きていたのでした。

いつもなら、太郎は日が暮れるとじきに眠るのでしたが、不思議に目がさえていて、ちっとも眠くはありませんでした。そして、こんなに暗くなって、おじいさんはさぞ路《みち》がわからなくて困っていなさるだろうと、広い野原の中で、とぼとぼとしていられるおじいさんの姿を、いろいろに想像したのでした。

「さあ、お休み、おじいさんがお帰りになったら、きっとおまえを起こしてあげるから、床の中へ入って、寝《ね》ていて待っておいで」と、お母さんがいわれたので、太郎は、ついにその気になって、自分の床にはいったのでありました。

しかし、太郎は、すぐには眠ることができませんでした。外の暗い空を、吹いている風の音が聞こえました。ランプの下にすわっているときも聞こえた、遠い、遠い、北の沖の方でする海の鳴る音が、まくらに頭をつけると、いっそうはっきりと雪の野原の上を転げてくるように思われたのであります。

しかし、太郎は、いつのまにか、うとうととして眠ったのであります。

彼は、朝起きると、入《い》り口《ぐち》に、大きな白い羽《はね》の、汚《よご》れてねずみ色になった、いままでにこんな大きな鳥を見たこともない、鳥の死んだのが、壁板《しとみ》にかかっているのを見てびっくりしました。

「これはなに？」と、太郎は、目を円《まる》くして問いました。

「これかい、これは海鳥《うみどり》だ。昨夜《ゆうべ》、おじいさんが、この鳥に乗って帰ってきなすったのだ」と、お母さんはいわれました。

おじいさんが帰ってきなすったと聞いて、太郎は大喜びでありました。さっそく、おじいさんのへやへいってみますと、おじいさんは、にこにこと笑って、たばこをすっていられました。

それよりも、太郎は、どうして、海鳥が死んだのか、聞きたかったのです。その不《ふ》審《しん》が心にありながら、それをいい出す前に、おじいさんの帰ってきなされたのがうれしくて、

「おじいさん、いつ帰ってきたの？」と問いました。

「昨夜《ゆうべ》、帰ってきたのだ」と、おじいさんは、やはり笑いながら答えました。

「なぜ、僕を起こしてくれなかったのだい」と、太郎は、不平に思って聞きました。

「おまえを起こしたけれど、起きなかったのだ」と、おじいさんはいいました。

「うそだい」と、太郎は、大きな声をたてた。

するとと、同時に、夢はさめて、太郎は、床の中に寝ているのでした。

おじいさんは、お帰りなされたろうか？　どうなされたろう？　と、太郎は、目を開けておじいさんのへやの方を見ますと、まだ帰られないもののように、しんとしていました。

太郎は、小便に起きました。そして、戸を開けて外を見ますと、いつのまにか、空はよく晴れていました。月はなかったけれど、星影《ほしかげ》が降るように、きらきらと光っていました。太郎は、もしや、おじいさんが、この真夜中に雪道を迷って、あちらの広野《ひろの》をうろついていなさるのではなかろうかと心配しました。そして、わざわざ入り口のところまで出て、あちらを見たのであります。

いろいろの木立が、黙《だま》って、星晴れのした空の下に、黒く立っていました。そして、だれが点《とも》したものか、幾《いく》百本となく、ろうそくに火をつけて、あちらの真っ白な、さびしい野原の上に、一面に立ててあるのでした。

太郎は、さつねの嫁《よめ》入りのはなしを聞いていました。いまあちらの野原で、その宴《えん》会《かい》が開かれているのでないかと思いました。もし、そうだったら、おじいさんは、きつねにだまされて、どこへかいってしまいなされたのだろうと思って、太郎は、熱心に、あちらこちらの野原の方を見やっていました。

ろうそくの火は、赤い、小さな烏帽子《えぼし》のように、いくつもいくつも点っていたけれど、風に吹かれて、べつに揺《ゆ》らぎもしませんでした。

太郎は、気味悪くなってきて、戸を閉めて内へ入ると、床の中にもぐり込んでしまいました。

ふと太郎は、目をさましますと、だれかトントンと家《うち》の戸をたたいています。風の音ではありません。だれか、たしかに戸をたたいているのです。

「おじいさんが、帰ってきなすったのだろう」と、太郎は思いましたが、また、先刻《さっき》、野原に赤いろうそくの火がたくさん点っていたことを思い出して、もしやなにか、きつねか悪魔《あくま》がやってきて、戸をたたくのではなかろうかと、息をはずませて黙っていました。

すると、この音をききつけたのは、自分一人でなかったとみえて、お父さんか、お母さんかが起きなされたようすがしました。

ランプの火は、うす暗く、家《うち》の中を照らしました。まだ、夜は明けなかったのです。

しかし、真夜中を過ぎていたことだけは、たしかでした。

そのうちに、表の雨戸の開《あ》く音がすると、

「まあ、どうして、いま時分、お帰りなさったのですか？」と、お父さんがいっていなさる声が聞こえました。つづいて、なにやらいっていなさるおじいさんの声が聞こえました。

「おじいさんんだ。おじいさんが帰ってきなさったのだ」と、太郎は、さっそく、着物を着ると、みんなの話している茶の間から入り口の方へやってきました。

おじいさんは、朝家《うち》を出たときの仕度と同じようすをして、しかも背中に、赤い大きなかにを背負っていられました。

「おじいさん、そのかにどうしたの？」と、太郎は、喜んで、しきりに返事をせきたてました。

「まあ、静かにしているのだ」と、お父さんは、太郎をしかって、

「どうして、いまごろお帰りなさったのです」と、おじいさんに聞いていられました。

「どうしたって、もう、そんなに寒くはない。なんといっても季節だ。早く出たのだが、道をまちがってのう」と、おじいさんは、とぼとぼとした足つきで、内に入ると、仕度を解かれました。

「道をまちがったって、もうじき夜《よ》が明けますよ。この夜中、どこをお歩きなさったのですか？」

父も、母も、みんなが、あきれた顔つきをしておじいさんをながめていました。太郎は、心の中《うち》で、おじいさんは、自分の思ったとおり、きつねにだまされたのだと思いました。

やがてみんなは、茶の間にきて、ランプの下にすわりました。すると、おじいさんはつぎのように、今日のことを物語られたのであります。

「私《わたし》は、早く家《うち》へ帰ろうと思って、あちらを出かけたが、日が短いもので、途中で日が暮れてしまった。困ったことだと思って、独りとぼとぼと歩いてくると、星晴れのしたいい夜の景色で、なんといっても、もう春がじきだと思いながら歩いていた。海辺までくると、雪も少なく、沖の方を見れば、もう入り日の名残《なごり》も消えてしまって、暗いうちに波の打つ音が、ド、ドー、と鳴っているばかりであった。ちょうど、そのとき、あちらに人間が五、六人、雪の上に火を焚《た》いて、なにやら話をしているようだった。

私は、いまごろ、なにをしているのだろう、きっと魚が捕れたのにちがいない。家《うち》へみやげに買っていこうと思って、なんの気なしに、その人たちのいるそばまでいってみると、その人たちは酒を飲んでいた。みんなは、毎日、潮風にさらされているとみえて、顔の色が、火に映って、赤黒かった。そして、その人たちの話していることは、すこしもわからなかったが、私がゆくと、みんなは、私に、酒をすすめた。つい私は、二、三杯飲んだ。酒の酔《よ》いがまわると、じつにいい気持ちになった。このぶんなら、夜《よ》じゅう歩いてもだいじょうぶだというような元気が起こった。私は、なにかみやげにする魚はないかというと、その中の一人の男が、このかにを出してくれた。銭《ぜに》を払《はら》おうといっても手を振って、その男はどうしても金を受け取らなかった。私は、大がにを背中にしょった。そして、みんなと別れて、一人で、あちらにぶらり、こちらにぶらり、千鳥足になって、広い野原を、星明かりで歩いてきたのだ」と、おじいさんは話しました。

みんなは、不思議なことがあったものだと思いました。

「よく、星明かりで、雪道がわかりましたね」と、太郎のお父さんはいって、びっくりしていました。

「おじいさん、きっときつねにばかされたのでしょう。野原の中に、いくつもろうそくがついていなかったかい？」と、太郎は、おじいさんに向かっていいました。

「ろうそく？　そんなものは知らないが、思ったより明るかった」と、おじいさんは、にこにこ笑って、たばこをすっていられました。

「もらったかにというのは、どんなかにでしょう」と、お母さんはいって、あちらから、おじいさんのしょってきたかにを、家《うち》のもののいる前に持ってこられました。見ると、それは、びっくりするほどの、大きい、真《ま》っ赤《か》な海がにでありました。

「夜だから、いま食べないで、明日《あした》食べましょう」と、お母さんはいわれました。

「なんという、大きなかにだ」といって、お父さんもびっくりしていられました。

みんなは、まだ起きるのには早いからといって、床の中に入りました。太郎は、夜が明けてから、かにを食べるのを楽しみにして、そのぶつぶつといぼのある甲《こう》らや、太いはさみなどに気をひかれながら床の中に入りました。

明くる日になると、おじいさんは、疲《つか》れて、こたつのうちにはいっていられました。太郎は、お母さんやお父さんと、おじいさんの持って帰られたかにを食べようと、茶の間にすわっていました。お父さんは小刀《こがたな》でかにの足を切りました。そして、みんなが堅《かた》い皮を破って、肉を食べようとしますと、そのかにには、まったく見かけによらず、中には肉もなんにも入っていずに、からっぽになっているやせたかにでありました。

「こんな、かにがあるだろうか？」

お父さんも、お母さんも、顔を見合わしてたまげています。太郎も不思議でたまりませんでした。

おじいさんは、たいへんに疲れていて、すこしぼけたようにさえ見られたのでした。

「いったい、こんなかにがこの近辺《きんぺん》の浜で捕《と》れるだろうか?」

お父さんは、考えながらいわれました。

海までは、一里ばかりありました。それで、こんなかにをもらった町へいって、昨夜《ゆうべ》のことを聞いてこようとお父さんはいわれました。

太郎は、お父さんにつれられて、海辺の町へいってみることになりました。二人は家《うち》から出かけました。

空は、やはり曇《くも》っていましたが、暖かな風が吹いていました。広い野原にさしかかったとき、

「だいぶ、雪が消えてきた」と、お父さんはいわれました。

黒い森の姿が、だんだん雪の上に、高くのびてきました。中には坊《ぼう》さんが、黒い法《ほう》衣《え》をきて立っているような、一本の木立も、遠方に見られました。

やっと、海辺の町へ着いて、魚問屋《さかなどんや》や、漁師《りょうし》の家《うち》へいって聞いてみましたけれど、だれも、昨夜《ゆうべ》、雪の上に火を焚《た》いていたというものを知りませんでした。そして、どこにもそんな大きなかにを売っているところはなかったのです。

れました。

「不思議なことがあればあるものだ」と、お父さんはいいながら、頭をかしげていら

二人は、海辺にきてみたのです。すると波は高くて、沖の方は雲切れのした空の色が青く、それに黒雲《くろくも》がうずを巻いていて、ものすごい暴《あ》れ模様の景色でした。

「また、降りだ。早く、帰ろう」と、お父さんはいわれました。

二人は、急いで、海辺の町を離《はな》れると、自分の村をさして帰ったのであります。

その日の夜から、ひどい雨風になりました。二日二晩、暖かな風が吹いて、雨が降りつづいたので、雪はおおかた消えてしまいました。その雨風の後《あと》は、いい天気になりました。

春が、とうとうやってきたのです。さびしい、北の国に、春がやってきました。小鳥はどこからともなく飛んできて、こずえに止まってさえずりはじめました。

庭の木立も芽ぐんで、花のつぼみは、日にまし大きくなりました。おじいさんは、やはりこたつにはいっていられました。

「あのじょうぶなおじいさんが、たいそう弱くおなりなされた」と、家《うち》の人々はいいました。

ある日、太郎は、野原へいってみますと、雪の消えた跡《あと》に、土筆《つくし》がすいすいと幾本

となく頭をのばしていました。それを見ましたとき、太郎は、いつか雪の夜《よ》に、赤いろうそくの点《とも》っていた、不思議な、気味のわるい景色を思い出したのであります。

雪くる前の高原の話

それは、険しい山のふもとの荒野《こうや》のできごとであります。

山からは、石炭が掘《ほ》られました。それをトロッコに載《の》せて、日に幾《いく》たびということなく高い山から、ふもとの方へ運んできたのであります。ゴロッ、ゴロッ、ゴーという音をたてて石炭を載せた車は、レールの上をすべりながら走ってゆきました。そのたびに、箱の中にはいっている石炭は、美しい歯を光らしておもしろそうに笑っていました。

「私《わたし》たちは、あの暗い、寒い、穴の中から出されて、この明るい世界へきた。目につるものは、なにひとつとして珍《めずら》しくないものはない。これから、どこへ送られるだろう？」と、同じような姿をした石炭は語り合っていました。

だんまり箱は、これに対してなんとも答えません。むしろ、それについて知らないといったほうがいいでありましょう。しかし、レールは、そのことをよく知っていました。なぜなら、自分の造られた工場《こうじょう》の中には、たくさんの石炭を見て知っているからであります。いま、石炭がゆく先をみんなで話し合っているのを聞くと、ひとつ喜ばしてやろうとレールは思いました。

「あなたがたは、これから、にぎやかな街へゆくのですよ。そして、働くのです……」といいました。

石炭は、ふいにレールがそういったので、輝《かがや》く目をみはりました。

「私たちは、工場《こうば》へゆくんですか？　そんなようなことは山にいる時分から聞いていました。それにしても、なるたけ、遠いところへ送られてゆきたいものですね。いろいろな珍しいものを、できるだけ多く見たいと思います。それから私たちは、どうなるでしょうか……。知ってはいられませんか？」と、石炭は、たずねました。

レールは、考えていたが、

「あなたがたが、真《ま》っ赤《か》な顔をして働いていなされたのを見ました。そのうちに、見えなくなりました。なんでも、つぎから、つぎへと、空へ昇《のぼ》ってゆかれたということです。考えると、あなたがたの一生ほどいろいろと経験なさるものはありますまい。私《わたし》たちは、永久に、このままで動くことさえできないのであります」と、レールはいいました。

石炭は、トロッコに揺《ゆ》られながら考え顔をしていました。なんとなく、すべてをほんとうに信ずることができないからでした。

そのとき、かたわらの赤く色づいた、つたの葉の上に、一ぴきのはちが休もうとして止まっていましたが、トロッコの音がして眠《ねむ》れなかったので、不平をいっていました。

「なんというやかましい音だろう。びっくりするじゃないか」と、はちはいいました。

「安心して止まっていらっしゃい。天気がこう悪くては、どこへもいかれないでありましょう。野原はさびしいにちがいない。遅咲《おそざ》きのりんどうの花も、もう枯《か》れた時分です。そして、あの空の雲ゆきの早いことをごらんなさい。天気のよくなるまでここに止まっていて、太陽が出てあたたかになったら、里の方をさして飛んでいらっしゃい」と、つたの葉は、しんせつにいってくれました。

若い、一本のすぎが、つたとはちの話をしているのを冷笑しました。

「トロッコの音にたまげたり、これしきの天気におびえているようで、この山の中の生活ができるものか。もっとも、もう一度嵐《あらし》がきたなら、つたなどは、どこへか吹き飛ばされてしまうであろうし、あんな小ばちなどは、凍《こご》え死んでしまうことだろう。この俺《おれ》は、嵐と吹雪《ふぶき》に戦わなければならない。そして、もうおそらく、過ぎ去った夏の日のように、銀色に輝く空の下で、まどろむというようなことは、また来年まではできないであろう……」と、すぎの木は、いっていました。

赤くなったつたは、勇敢《ゆうかん》な若いすぎの木のいっていることを聞いて、なんとなく年とってしまった、自分の身の上を恥《は》ずかしく感じたのであります。なにもこれに対して、いうことができなかったのでした。そして、すぎの木のいうように、今夜にも、すさまじい嵐が吹きはしないかと身震《みぶる》いしながら、空を仰《あお》いでいました。

赤い葉の面《おもて》に止まっていた小ばちは、飛び上がって、つい近くを走っていった石炭の上に止まりました。この黒い、ぴかぴか光るものはなんだろうと思ったからです。石炭は、にこにことして、だまって、この小さな生き物の動くようすを見守っていました。はちは石炭の臭《にお》いをかいだり、また小さな口でなめてみたり、どこからきたかを自分の小さな感覚で知ろうとしました。しかし、それはわかるはずがなかったのです。

レールは、また、このはちをよく見知っていました。なぜなら、この小さい、敏《びん》捷《しょう》な、すきとおるように美しい翅《つばさ》を持ったはちが、つねに、この近傍《きんぼう》の花から、花を飛びまわっていたからです。

夏のはじめのころに、はちは他《た》のはちたちと共同をして、一つの巣を花の間に造っていました。そして、みつを求めに彼らは毎日遠くまで出かけたのでありました。朝日の細い、鋭《するど》い、光の箭《や》が、花と花の影《かげ》の間から射《さ》し込む時分になると、彼らは、レールの上を、それについて南へ、北へと飛んでいったのを、レールは見たのでありました。はちたちがいたるところの花にとまって、倦《う》まずにみつを集めている間に、太陽は高く上がりました。そして、トロッコの音がしてレールの上が熱くなり、銀のように白く光る風が、高原を渡《わた》ったのであります。毎日彼らは同じように働きました。このうちに、巣の中に産み落とされた卵は孵化《ふか》して、一ぴきのはちとなり、めいめいは、いずこへとなく飛んでゆきました。また、わずかに残ったはちは夏の終わりまで、同じところを去らなかったのであります。

花は、季節の移りとともに、だんだん少なくなり、散ってゆきました。はちはレールの上にとまって、日の光を浴びて、じっとしていることもありました。

「もう、じきにトロッコがきますよ」と、レールは、眠っているはちを揺り起こしてやったこともあります。はちは、飛び去りました。空の色は青々として晴れていました。はちは、どこへいっても自由であったのだけれど、やはり、このあたりから去りませんでした。

高い山には、秋がきて、はやくも冷気のたつのが、ずっと里のほうよりは早うございました。いろいろの虫が、自分たちの身の上を悲しんで泣いています。けれど、はちは、その地面をはっている虫のようには悲しみませんでした。どこへなりと飛んでゆこうと思えばいけたからです。けれど、やはり、彼は、古巣のかかっているところを恋《こい》しがっていました。

夏のはじめの時分には、どんなに、自分たちは楽しかったろう。このあたりは、自分たちの朗《ほが》らかに歌う唄《うた》の声でいっぱいであった。そして、紫《むらさき》や、赤や、青や、黄や、白の美しい花たちは、いずれも自分たちの姿をほめはやしたものだ。そして、すこしでも長く、自分のところにいてもらいたいと願ったものだ。しかし、もう、自分たちの仲間は散ってしまった。美しい花は、とっくの昔に、なくなってしまった。けれど、なんで、もう一度ああいうことがこないといえよう……。はちには、こんなことも空想されたのでした。

太陽が、だんだん方向を変えて、レールの上がかげり、地の上が冷たくなって、下の枝には終日、日の当たらないことがあるようになってから、彼は、高い枝にからんだ、つたの葉に止まっていたのでした。いつしか、そのつたの葉もまた赤く色づいてきたのであります。しかしやさしいつたの葉は、自分のやがて散ることも忘れて、つねに、はちを慰《なぐさ》めていました。

「もう、じきに太陽が上がりますよ。そうすると暖かになります……」と、つたの葉はいいました。

であるのに、たえず、すぎの若木は、周囲の草や、木や、虫などを冷笑《わら》っていたのです。

「俺は、ひとり戦わなければならない。みんなが、いくじなく枯れたり、散ったり、死んだりしてしまったとき、吹雪と嵐に向かって叫《さけ》び、戦わなければならない」と、誇《ほこ》り顔にいっていました。

しかし、だれも、それに対して反抗するものはなかったのです。すべて、すぎの若木のいうとおりだったからです。

石炭に止まって、はちがじっとしていると、

「私たちといっしょに町へゆきませんか。私たちはどうせ工場《こうば》へつれてゆかれるだろうけれど、あなたは、町へいったら、自由にどこへでも飛んでゆきなさるがいい。町は、にぎやかで暖かだということを聞いています。私たちもまた町へはじめてだが、そこは明るくていろいろな美しいものがあるということです……。私たちといっしょにゆきませんか」と、石炭は、はちに向かっていいました。

はちは考えました。自分は、あまり寒くならないうちに、隠《かく》れ場所を見いださなければならないが、この野原の中にしようか、それとも石炭がゆこうとしている町にし

ようか、もっと考えてみなければならない。年とった仲間は、冬の雪のある間を、寺のひさしの下に隠れ場を造ってはいっていたというから……このあたりは、雪が深く積もって、適当な場所が見いだされないかもしれない。なるほど、石炭のいうように、このまま町へゆくとしようかと、美しい翅《つばさ》を震わしてはちは考えていました。

このとき、トロッコの上に乗っていた労働者は、はちに目をとめると、

「この辺に巣があるとみえて、いつか俺の足を刺《さ》しやがった……。殺してくれようかな」といって、足を揚《あ》げて、はちを踏《ふ》みつぶそうとしました。しかし、はちは危ないところを脱《のが》れて飛び立ちました。その後で、石炭がとばっちりを食って大騒《おおさわ》ぎをしていました。

はちは、レールについて、もとの場所へ帰ろうと思いました。そこにはやさしい、つたの葉が待っていたからです。

はちは、レールについて飛んでくるうちに、レールが苦しそうに、身を曲げて地面をはっているのに、はじめて気がついて、

「なんで、あなたは、そんなようすをしているのですか」と、はちは、レールにたずねました。レールは、ものすごい目つきで、はちを見上げて、

「私《わたし》が、こうして、苦しんでいる姿は、いまはじめて気がついたのですか。もう、長

い間ここにうめいている。それも、老いぼれたくぎめがしっかりと私の体を押《お》さえていて放さないからだ……」と、うらみがましく答えました。

はちは、こんな強そうに見えるレールにも、こうした悩《なや》みと苦しみとがあることを、はじめて知ったので、なおも子細《しさい》に、そのようすを見とどけようと思って、くぎが押さえているところへいってみました。

なるほど、赤くさびた、老いぼれたくぎが、いっしょうけんめいにレールを押さえつけているのでした。はちはそこへ飛んできてとまると、

「なぜ、そんなにあなたはレールを押さえつけているのですか」と、たずねたのであります。

「俺は人間からいいつかったことをしているのさ」

「しかし、あなたとレールとは、もと同じ一家ではありませんか。兄弟といってもいいでしょう」と、はちは、同じ鋼鉄でできていたから、そういったのです。

「しかし、俺が人間からいいつかったことを忘れて、手を放したら、なにか悪い結果になりはしないかと心配するのだ」と、赤くさびたくぎがいいました。

「だが、あなたは、だいぶ年をとっていられますから、すこしぐらい休まれたって、だれも不思議とは思いますまい」と、はちは答えたのであります。

さびたくぎは、なるほどというような顔つきをして、はちのいうことを聞いていました。

はちが、やがて、赤いつたの葉の上にもどってきました。つたの葉は、空を見上げながら、

「また、あらしになりそうですね」と、心配そうな顔つきをしていました。

ひとり、すぎの若木は、傲慢《ごうまん》に、強そうなことをいっていばっていたのであります。

赤さびのしたくぎは、はちのいったことから、つい気がゆるんでレールを押さえつけていた手を放しました。すると、レールは、すかさずに、曲げていた体を伸《の》ばしたのです。このとき、トロッコが、ほかの石炭を積んで山から下《くだ》ってきました。つたの葉の上にとまっていたはちは、先刻《せんこく》の石炭は、いまごろどこへいったろう……。町の工場《こうじょう》へは、まだ着くまいと思っていた瞬間《しゅんかん》に、トロッコが脱線《だっせん》して、異様な音をたてたかと思うと、こちらへすべってきてすぎの若木のかたわらにひっくり返ったので、すぎの若木は石炭に押されて曲がってしまいました。ふいのできごとに驚《おどろ》いて、はちは前後を忘れて、かなたの大きな、はんのきのところまで逃げてしまいました。

その晩、真っ白に、この高原には、雪が降ったのであります。

月とあざらし

北方の海は、銀色に凍《こお》っていました。長い冬の間、太陽はめったにそこへは顔を見せなかったのです。なぜなら、太陽は、陰気《いんき》なところは、好かなかったからでありました。そして、海は、ちょうど死んだ魚《うお》の目のように、どんよりと曇《くも》って、毎日、毎日、雪が降っていました。

一ぴきの親のあざらしが、氷山のいただきにうずくまって、ぼんやりとあたりを見まわしていました。そのあざらしは、やさしい心をもったあざらしでありました。秋のはじめに、どこへか、姿の見えなくなった、自分のいとしい子供のことを忘れずに、こうして、毎日あたりを見まわしているのであります。

「どこへいったものだろう……今日も、まだ姿は見えない」

あざらしは、こう思っていたのでありました。

寒い風は、頻《しき》りなしに吹いていました。子供を失った、あざらしは、なにを見ても悲しくてなりませんでした。その時分は、青かった海の色が、いま銀色になっているのを見ても、また、体に降りかかる白雪《しらゆき》を見ても、悲しみが心をそそったのでありま す。

風は、ヒュー、ヒューと音をたてて吹いていました。あざらしは、この風に向かっても、訴《うった》えずにはいられなかったのです。

「どこかで、私《わたし》のかわいい子供の姿をお見になりませんでしたか」と、哀《あわ》れなあざらしは、声を曇らして、たずねました。

いままで、傍若無人《ぼうじゃくぶじん》に吹いていた暴風《あらし》は、こうあざらしに問いかけられると、ちょっとその叫《さけ》びをとめました。

「あざらしさん、あなたは、いなくなった子供のことを思って、毎日そこに、そうしてうずくまっていなさるのですか。私《わたし》は、なんのために、いつまでも、あなたがじっとしていなさるのかわからなかったのです。私は、いま雪と戦っているのです。この海を雪が占領《せんりょう》するか、私が占領するか、ここしばらくは、命がけの競争をしているのですよ。さあ、私は、たいていこのあたりの海の上は、一通りくまなく馳《か》けてみたのですが、あざらしの子供を見ませんでした。氷の蔭《かげ》にでも隠《かく》れて泣いているのかもしれませんが……。こんど、よく注意をして見てきてあげましょう」

「あなたは、ごしんせつな方です。いくら、あなたたちが、寒く、冷たくても、私は、ここに我慢《がまん》をして待っていますから、どうか、この海を馳けめぐりなさるときに、私の子供が、親を探して泣いていたら、どうか私に知らせてください。私は、どんなところであろうと、氷の山を飛び越《こ》して迎《むか》えにゆきますから……」と、あざらしは、目に涙《なみだ》をためていいました。

風は、行く先を急ぎながらも、顧《かえり》みて、

「しかし、あざらしさん、秋ごろ、猟船《りょうせん》が、このあたりまで見えましたから、そのとき、人間に捕《と》られたなら、もはや帰りっこはありませんよ。もし、こんど、私がよく探してきて見つからなかったら、あきらめなさい」と、風はいい残して、馳けてゆきました。

その後で、あざらしは、悲しそうな声をたてていたのです。

あざらしは、毎日、風の便りを待っていました。しかし、一度《ど》、約束をしていった風は、いくら待ってももどってはこなかったのでした。

「あの風は、どうしたろう……」

あざらしは、こんどその風のことも気にかけずにはいられませんでした。後からも、後からも、頻《しき》りなしに、風は吹いていました。けれど同じ風が、ふたたび自分を吹くのをあざらしは見ませんでした。

「もし、もし、あなたは、これから、どちらへおゆきになるのですか……」と、あざらしは、このとき、自分の前を過ぎる風に向かって問いかけたのです。

「さあ、どこということはできません。仲間が先へゆく後を私《わたし》たちは、ついてゆくばかりなのですから……」と、その風は答えました。

「ずっと先へいった風に、私は頼《たの》んだことがあるのです。その返事を聞きたいと思っているのですが……」と、あざらしは、悲しそうにいいました。

「そんなら、あなたとお約束をした風は、まだもどってはこないのでしょう。私が、その風にあうかどうかわからないが、あったら、言伝《ことづて》をいたしましょう」といって、その風も、どこへとなく去ってしまいました。

海は、灰色に、静かに眠《ねむ》っていました。そして、雪は、風と戦って、砕《くだ》けたり、飛んだりしていました。

こうして、じっとしているうちに、あざらしはいつであったか、月が、自分の体を照らして、

「さびしいか？」といってくれたことを思い出しました。そのとき、自分は、空を仰《あお》いで、

「さびしくて、しかたがない！」といって、月に訴えたのでした。

すると、月は、物思い顔に、じっと自分を見ていたが、そのまま、黒い雲のうしろに隠れてしまったことをあざらしは思い出したのであります。

さびしいあざらしは、毎日、毎夜、氷山のいただきに、うずくまって我が子供のことを思い、風のたよりを待ち、また、月のことなどを思っていたのでありました。

月は、けっして、あざらしのことを忘れはしませんでした。太陽が、にぎやかな街をながめたり、花の咲く野原を楽しそうに見下ろして、旅をするのとちがって、月は、いつでもさびしい町や、暗い海を見ながら旅をつづけたのです。そして、哀れな人間の生活の有り様《さま》や、飢《う》えにないている、哀れな獣物《けもの》などの姿をながめたのであります。

子供をなくした、親のあざらしが、夜《よる》も眠らずに、氷山の上で、悲しみながらほえているのを月がながめたとき、この世の中のたくさんな悲しみに、慣れてしまって、さまで感じなかった月も、心からかわいそうだと思いました。あまりに、あたりの海は暗く、寒く、あざらしの心を楽しませるなにもなかったからです。

「さびしいか？」といって、わずかに月は、声をかけてやりましたが、あざらしは、悲しい胸のうちを、空を仰いで訴えたのでした。

しかし、月は、自分の力で、それをどうすることもできませんでした。その夜《よ》から、月はどうかして、この憐《あわ》れなあざらしをなぐさめてやりたいものと思いました。

ある夜《よ》、月は、灰色の海の上を見下ろしながら、あのあざらしは、どうしたであろうと思い、空の路《みち》を急ぎつつあったのです。やはり、風が寒く、雲は低く氷山をかすめて飛んでいました。

はたして、哀れなあざらしは、その夜《よ》も、氷山のいただきにうずくまっていました。「さびしいか？」と、月はやさしくたずねました。

このまえよりも、あざらしは、幾分《いくぶん》かやせて見えました。そして、悲しそうに、空を仰いで、

「さびしい！　まだ、私の子供はわかりません」といって、月に訴えたのであります。

月は、青白い顔で、あざらしを見ました。その光は、憐《あわ》れなあざらしの体を青白くいろどったのでした。

「私《わたし》は、世の中のどんなところも、見ないところはない。遠い国のおもしろい話をしてきかせようか？」と、月は、あざらしにいいました。

すると、あざらしは、頭を振《ふ》って、

「どうか、私の子供が、どこにいるか、教えてください。見つけたら知らしてくれるといって約束をした風は、まだなんともいってきてはくれません。世界じゅうのことがわかるなら、ほかのことはききたくありませんが、私の子供は、いまどこにどうし

ているか教えてください」と、あざらしは、月に向かって頼みました。

月は、この言葉をきくと黙《だま》ってしまいました。なんといって答えていいか、わからなかったからです。それほど、世の中には、あざらしばかりでなく、子供をなくしたり、さらわれたり、殺されたり、そのような悲しい事件《ことがら》が、そこここにあって、一つ一つ覚えてはいられなかったからでした。

「この北海の上ばかりでも、幾ひきの子供をなくしたあざらしがいるかしれない。しかし、おまえは、子供にやさしいから一倍悲しんでいるのだ。そして、私は、それだから、おまえをかわいそうに思っている。そのうちに、おまえを楽しませるものを持ってこよう……」と、月はいって、また雲のうしろに隠れました。

月は、あざらしにした、約束をけっして忘れませんでした。ある晩方、南の方の野原で、若い男や、女が、咲き乱れた花の中で笛を吹き、太鼓《たいこ》を鳴らして踊《おど》っていました。月は、この有り様を空の上から見たのであります。

これらの男女は、いずれも牧人《ぼくじん》でした。もうこの地方は、暖かで、みんなは畑や、田に出て耕さなければなりませんでした。一日野らに出て働いて、夕暮れになると、みんなは、月の下でこうして踊り、その日の疲《つか》れを忘れるのでありました。

男どもは、牛や、羊を追って、月の下のかすんだ道を帰ってゆきました。女たちは、花の中で休んでいました。そして、そのうちに、花の香《かお》りに酔《よ》い、やわらかな風に吹かれて、うとうとと眠ってしまったものもありました。

このとき、月は、小さな太鼓が、草原《くさはら》の上に投げ出してあるのを見て、これを、哀れなあざらしに持っていってやろうと思ったのです。

月が、手を伸《の》ばして太鼓を拾ったのを、だれも気づきませんでした。その夜《よ》、月は、太鼓をしょって、北の方へ旅をしました。

北の方の海は、依然《いぜん》として銀色に凍って、寒い風が吹いていました。そして、あざらしは、氷山の上に、うずくまっていました。

「さあ、約束のものを持ってきた」といって、月は、太鼓をあざらしに渡《わた》してやりました。

あざらしは、その太鼓が気にいったとみえます。月が、しばらく日をたって後《のち》に、このあたりの海上を照らしたときは、氷が解けはじめて、あざらしの鳴らしている太鼓の音が、波の間からきこえました。

飴《あめ》チョコの天使

青い、美しい空の下に、黒い煙《けむり》の上がる、煙突《えんとつ》の幾本《いくほん》か立った工場《こうじょう》がありました。その工場の中では、飴チョコを製造していました。

製造された飴チョコは、小さな箱の中に入れられて、方々の町や、村や、また都会に向かって送られるのでありました。

ある日、車の上に、たくさんの飴チョコの箱が積まれました。それは、工場から、長いうねうねとした道を揺《ゆ》られて、停車場《ていしゃば》へと運ばれ、そこからまた遠い、田舎《いなか》の方へと送られるのでありました。

飴チョコの箱には、かわいらしい天使が描《えが》いてありました。この天使の運命は、ほんとうにいろいろでありました。あるものは、くずかごの中へ、ほかの紙くずなどといっしょに、破って捨てられました。また、あるものは、ストーブの火の中に投げ入れられました。またあるものは、泥濘《ぬかるみ》の道の上に捨てられました。なんといっても子供らは、箱の中に入っている、飴チョコさえ食べればいいのです。そして、もう、空き箱などに用事がなかったからであります。こうして、泥濘《ぬかるみ》の中に捨てられた大使は、やがて、その上を重い荷車の轍《わだち》で轢《ひ》かれるのでした。

天使でありますから、たとえ破られても、焼かれても、また轢かれても、血の出るわけではなし、また痛いということもなかったのです。ただ、この地上にいる間は、おもしろいことと、悲しいこととがあるばかりで、しまいには、魂《たましい》は、みんな青い空へと飛んでいってしまうのでありました。

いま、車に乗せられて、うねうねとした長い道を、停車場の方へといった天使は、まことによく晴れわたった、青い空や、また木立や、建物の重なり合っているあたりの景色をながめて、独り言をしていました。

「あの黒い、煙の立っている建物は、飴チョコの製造される工場だな。なんといい景色ではないか。遠くには海が見えるし、あちらにはにぎやかな街がある。おなじゆくものなら、俺《おれ》は、あの街へいってみたかった。きっと、おもしろいことや、おかしいことがあるだろう。それだのに、いま、俺は、停車場へいってしまう。汽車に乗せられて、遠いところへいってしまうにちがいない。そうなれば、もう二度と、この都会へはこられないばかりか、この景色を見ることもできないのだ」

天使は、このにぎやかな都会を見捨てて、遠く、あてもなくゆくのを悲しく思いました。けれど、また自分は、どんなところへゆくだろうかと考えると楽しみでもありました。

その日の昼ごろは、もう飴チョコは、汽車に揺られていました。天使は、真っ暗な中にいて、いま汽車が、どこを通っているかということはわかりませんでした。

そのとき、汽車は、野原や、また丘《おか》の下や、村はずれや、そして、大きな河にかかっている鉄橋の上などを渡《わた》って、ずんずんと東北の方に向かって走っていたのでした。

その日の晩方、あるさびしい、小さな駅に汽車が着くと、飴チョコは、そこで降ろされました。そして汽車は、また暗くなりかかった、風の吹いている野原の方へ、ポッ、ポッと煙を吐《は》いていってしまいました。

飴チョコの天使は、これからどうなるだろうかと、半ば頼《たよ》りないような、半ば楽しみのような気持ちでいました。すると、まもなく、幾百となく、飴チョコのはいっている大きな箱は、その町の菓子屋へ運ばれていったのであります。

空が、曇《くも》っていたせいもありますが、町の中は、日が暮れてからは、あまり人通りもありませんでした。天使は、こんなさびしい町の中で、幾日もじっとして、これから長い間、こうしているのかしらん。もし、そうなら退屈《たいくつ》でたまらないと思いました。

幾百となく、飴チョコの箱に描《えが》いてある天使は、それぞれ違《ちが》った空想にふけっていたのでありましょう。なかには、早く青い空へ上ってゆきたいと思っていたものもありますが、また、どうなるか最後の運命まで見てから、空へ帰りたいと思っていたものもあります。

ここに話をしますのは、それらの多くの天使の中の一人であるのはいうまでもありません。

ある日、男が箱車を引いて菓子屋の店頭《みせさき》にやってきました。そして、飴チョコを三十ばかり、ほかのお菓子といっしょに箱車の中に収めました。

天使は、また、これからどこへかゆくのだと思いました。いったい、どこへゆくのだろう？　箱車の中にはいっている天使は、やはり、暗がりにいて、ただ車が石の上をガタガタと躍《おど》りながら、なんでものどかな、田舎道を、引かれてゆく音しか聞くことができませんでした。

箱車を引いてゆく男は、途中《とちゅう》で、だれかと道づれになったようです。

「いいお天気ですのう」

「だんだん、のどかになりますだ」

「このお天気で、みんな雪が消えてしまうだろうな」

「おまえさんは、どこまでゆかしゃる」

「あちらの村へ、お菓子を卸《おろ》しにゆくだ。今年になって、はじめて東京から荷がついたから」

飴チョコの天使は、この話によって、この辺には、まだところどころ田や、圃《はたけ》に、雪が残っているということを知りました。

村に入ると、木立の上に、小鳥がチュン、チュンといい声を出して、枝から、枝へと飛んではさえずっていました。子供らの遊んでいる声が聞こえました。そのうちに車は、ガタリといって止まりました。

このとき、飴チョコの天使は、村へきたのだと思いました。やがて箱車のふたが開《あ》いて、男ははたして飴チョコを取り出して、村の小さな駄菓子屋《だがしや》の店頭《みせさき》に置きました。また、ほかにもいろいろのお菓子を並べたのです。

駄菓子屋のおかみさんは、飴チョコを手に取りあげながら、

「これは、みんな十銭《せん》の飴チョコなんだね。五銭のがあったら、そちらをおくんなさい。この辺りでは、十銭のなんか、なかなか売れっこはないから」

といいました。

「十銭のばかりなんですがね。そんなら、三つ四つ置いてゆきましょうか」と、車を引いてきた若い男はいいました。

「そんなら、三つばかり置いていってください」と、おかみさんはいいました。

飴チョコは、三つだけ、この店に置かれることとなりました。おかみさんは、三つのそれを外から見えるようなところに飾《かざ》っておきました。

若い男は、車を引いて帰ってゆきました。これから、またほかの村へ、まわったのかもしれません。同じ工場で造られた飴チョコは、同じ汽車に乗って、ついここまで運命をいっしょにしてきたのだが、これからたがいに知らない場所に別れてしまわなければなりませんでした。もはや、この世の中では、それらの天使は、たがいに顔を見合わすようなことはおそらくありますまい。いつか、青い空に上っていって、おたがいにこの世の中で経《へ》てきた運命について、語り合う日よりはほかになかったのであります。

びんの中から、天使は、家の前に流れている小さな川をながめました。水の上を、日の光がきらきら照らしていました。やがて日は暮れました。田舎の夜《よ》はまだ寒く、そして、寂《さび》しかった。しかし夜《よ》が明けると、小鳥が例の木立にきてさえずりました。その日もいい天気でした。あちらの山のあたりはかすんでいます。子供らは、お菓子屋の前にきて遊んでいました。このとき、飴チョコの天使は、あの子供らは、飴チョコを買って、自分をあの小川に流してくれたら、自分は水のゆくままに、あちらの遠いかすみだった山々の間を流れてゆくものをと空想したのであります。

しかし、おかみさんが、いつかいったように、百姓《ひゃくしょう》の子供らは、十銭の飴チョコを買うことができませんでした。

夏になると、つばめが飛んできました。そして、そのかわいらしい姿を小川の水の面《おもて》に写しました。また暑い日盛《ひざか》りごろ、旅人が店頭《みせさき》にきて休みました。そして、四方《よも》の話などをしました。しかし、その間だれも飴チョコを買うものがありませんでした。だから、天使は空へ上ることも、またここからほかへ旅をすることもできませんでした。月日がたつにつれて、ガラスのびんはしぜんに汚《よご》れ、また、ちりがかかったりしました。飴チョコは、憂鬱《ゆううつ》な日を送ったのであります。

やがてまた、寒さに向かいました。そして、冬になると、雪はちらちらと降ってきました。天使は田舎の生活に飽きてしまいました。しかし、どうすることもできませんでした。ちょうど、この店にきてから、一年めになった、ある日のことでありました。

菓子屋の店頭《みせさき》に、一人のおばあさんが立っていました。

「なにか、孫に送ってやりたいのだが、いいお菓子はありませんか」と、おばあさんはいいました。

「ご隠居さん、ここには上等のお菓子はありません。飴チョコならありますが、いかがですか」と、菓子屋のおかみさんは答えました。

「飴チョコを見せておくれ」と、つえをついた、黒い頭巾《ずきん》をかぶった、おばあさんはいいました。

「どちらへ、お送りになるのですか」

「東京の孫に、もちを送ってやるついでに、なにかお菓子を入れてやろうと思ってな」と、おばあさんは答えました。

「しかし、ご隠居さん、この飴チョコは、東京からきたのです」

「なんだっていい、こちらの志だからな。その飴チョコをおくれ」といって、おばあさんは、飴チョコを三つとも買ってしまいました。

天使は思いがけなく、ふたたび、東京へ帰っていかれることを喜びました。

あくる日の夜《よ》は、はや、暗い貨物列車の中に揺すられて、いつかきた時分の同じ線路を、都会をさして走っていたのであります。

夜《よ》が明けて、あかるくなると、汽車は、都会の停車場に着きました。

そして、その日の昼過ぎに、小包は宛名《あてな》の家へ配達されました。

「田舎から、小包がきたよ」と、子供たちは、大きな声を出して喜び、躍り上がりました。

「なにがきたのだろうね。きっとおもちだろうよ」と、母親は、小包の縄《なわ》を解いて、箱のふたを開けました。すると、はたして、それは、田舎でついたもちでありました。その中に、三つの飴チョコがはいっていました。

「まあ、おばあさんが、おまえたちに、わざわざ買ってくださったのだよ」と、母親は、三人の子供に一つずつ飴チョコを分けて与えました。

「なあんだ、飴チョコか」と、子供らは、口ではいったものの喜んで、それをば手に持って、家《うち》の外へ遊びに出ました。

まだ、寒い、早春の黄昏方《たそがれがた》でありました。往来の上では、子供らが、鬼《おに》ごっこをして遊んでいました。三人の子供らは、いつしか飴チョコを箱から出して食べたり、そばを離《はな》れずについている、白犬のポチに投げてやったりしていました。その中《うち》に、まったく箱の中が空《から》になると、一人は空箱《からばこ》を溝《どぶ》の中に捨てました。一人は、破ってしまいました。一人は、それをポチに投げると、犬は、それをくわえて、あたりを飛びまわっていました。

空の色は、ほんとうに、青い、なつかしい色をしていました。いろいろの花が咲くには、まだ早かったけれど、梅の花は、もう香っていました。この静かな黄昏《たそがれ》がた、三人の天使は、青い空に上ってゆきました。

その中《うち》の一人は、思い出したように、遠く都会のかなたの空をながめました。たくさんの煙突から、黒い煙が上がっていて、どれが昔、自分たちの飴チョコが製造された工場であったかよくわかりませんでした。ただ、美しい燈《ひ》が、あちらこちらに、もやの中からかすんでいました。

青黒い空は、だんだん上がるにつれて明るくなりました。そして、行く手には、美しい星が光っていました。

百姓《ひゃくしょう》の夢

あるところに、牛を持っている百姓《ひゃくしょう》がありました。その牛は、もう年をとっていました。長い年の間、その百姓のために重い荷をつけて働いたのであります。そして、いまでも、なお働いていたのであったけれど、なんにしても、年をとってしまっては、ちょうど人間と同じように、若い時分ほど働くことはできなかったのです。

この無理もないことを、百姓はあわれとは思いませんでした。そして、いままで自分たちのために働いてくれた牛を、大事にしてやろうとは思わなかったのであります。

「こんな役にたたないやつは、早く、どこかへやってしまって、若いじょうぶな牛と換《か》えよう」と思いました。

秋の収穫《しゅうかく》もすんでしまうと、来年の春まで、地面は、雪や、霜《しも》のために堅《かた》く凍《こお》ってしまいますので、牛を小舎《こや》の中に入れておいて、休ましてやらなければなりません。

この百姓は、せめて牛をそうして、春まで休ませてやろうともせずに、

「冬の間、こんな役にたたないやつを、食べさしておくのはむだな話だ」といって、

たとえ、ものこそいわないけれど、なんでもよく人間の感情はわかるものを、このおとなしい牛をひどいめにあわせたのであります。

ある、うす寒《さむ》い日のこと、百姓は、話に、馬の市《いち》が四里ばかり離《はな》れた、小さな町で開かれたということを聞いたので、喜んで、小舎の中から、年とった牛を引き出して、若い牛と交換《こうかん》してくるために町へと出かけたのでした。

百姓は、自分たちといっしょに苦労をした、この年をとった牛に別れるのを、格別悲しいとも感じなかったのであるが、牛は、さもこの家《うち》から離れてゆくのが悲しそうに見えて、なんとなく、歩く足つきも鈍《にぶ》かったのでありました。

昼過ぎごろ、百姓はその町に着きました。そして、すぐにその市の立っているところへ、牛を引いていきました。すると、そこには、自分の欲《ほ》しいと思う若い馬や、強そうな牛が幾《いく》種類となくたくさんにつながれていました。方々から百姓たちが、ここへ押《お》し寄せてきていました。中には、脊《せ》の高いりっぱな馬を買って、喜んで引いてゆく男もありました。彼は、うらやましそうに、その男の後ろ姿を見送ったのです。

自分は、馬にしようか、牛にしようかとまどいましたが、しまいには、この連れてきた年とった牛に、あまりたくさんの金を打たなくて交換できるなら、牛でも、馬でも、どちらでもいいと思ったのでした。

あちらにいったり、こちらにきたりして、自分の気にいった馬や、牛があると、その値段を百姓は聞いていました。そして、

「高いなあ、とても俺《おれ》には買われねえ」と、彼は、頭をかしげていったりしました。

「おまえさん、よくいままで、こんな年をとった牛を持っていなさったものだ。だれも、こんな牛に、いくらおまえさんが金をつけたって喜んで交換するものはあるめえ」と、黄銅《しんちゅう》のきせるをくわえて、すぱすぱたばこをすいながら、さげすむようにいった博労《ばくろう》もありました。

そんなときは、百姓は、振《ふ》り向いて後ろに首垂《うなだ》れている、自分の牛をにくにくしげににらみました。

「そんなざまをしているから、俺まで、こうしてばかにされるでねえか」と、百姓は怒《おこ》っていいました。

また、彼は、ほかの場所へいって、一頭の若い牛を指さしながら、いくら金を自分のつれてきた牛につけたら、換えてくれるかと聞いていました。

その博労は、もっと、前の男よりも冷淡《れいたん》でありました。

「おまえさん、ここにたくさん牛もいるけれど、こんなにおいぼれている牛はなかろうぜ」と、答えたぎりで、てんで取り合いませんでした。

しかたなく、百姓は、年とった牛を引きながら、あちらこちらと迷っていました。しまいには、もうどんな牛でも、馬でもいいから、この牛と交換したいものだ。自分の牛より、よくない牛や、馬は、一頭だって、ここにはいないだろうと思ったほど、自分の牛がつまらなく思われたのであります。

日が暮れかかると、いつのまにか、市場《いちば》に集まっていた百姓たちの影《かげ》は散ってしまいました。その人たちの中には、持ってきた金より、牛や、馬の値が高いので買わなくて帰ったものもあったが、たいていは、欲しいと思った牛や、馬を買って、引いていったのであります。

独り、この百姓だけは、まだ、まごまごしていました。そして、最後に、もう一人の博労《ばくろう》に掛け合っていました。

「俺は、この若い馬が欲しいのだが、この牛に、いくら金を打ったら換えてくれるか?」と、百姓はいいました。

その博労は、百姓よりも年をとっていました。そして、おとなしそうな人でありました。しみじみと、百姓と、うしろに引かれてきた牛とをながめていましたが、

「いま換えたのでは、両方で損がゆく。金さえたくさんつけてもらえば、換えないこともないが、この冬、うんとまぐさを食わして休ませておやんなさい。そうすれば、

まだ来年も働かされる。だいいち、これまで使って、この冬にかかって、知らねえ人の手に渡《わた》すのはかわいそうだ」といいました。やむを得ず、百姓は、また牛を引いて我が家に帰らなければならなかったのです。

「ほんとうに、ばかばかしいことだ」

百姓は、ぶつぶつ口の中でこごとをいいながら、牛を引いてゆきました。

朝のうちから曇《くも》った、寒い日であったが、晩方からかけて、雪がちらちらと降りだしました。百姓は、日は暮れかかるし、路《みち》は遠いのに、雪が降っては、歩けなくなってしまう心配から、気持ちがいらいらしていました。

「さあ早く歩け、この役たたずめが！」とどなって、牛のしりを綱《つな》の端《はし》で、ピシリピシリとなぐりました。牛はいっしょうけんめいに精を出して歩いているのですけれど、そう早くは歩けませんでした。雪は、ますます降ってきました。そして、道の上がもうわからなくなってしまい、一方には日がまったく暮れてしまったのであります。

「こんなばかなめを見るくらいなら、こんな日に出てくるのでなかった」と、百姓は、気持ちが急ぐにつけて、罪もない牛をしかったり、綱で打ったりしたのであります。

この町から、自分の村へゆく道は、たびたび歩いた道であって、よくわかっているはずでありましたが、雪が降ると、まったく、あたりの景色は変わってしまいました。

どこが、田やら、圃《はたけ》やら、見当がつかなくなりました。そして、暗くなると、もう一足も歩けなかったのです。

百姓は、こうなると、牛をしかる元気も出なくなりました。たとえ、いくら牛をしかってもなぐっても、どうすることもできなかったからであります。

「さ、困ってしまった」といって、ぼんやり手綱《たづな》を握《にぎ》ったまま、百姓は道の上にたたずんでいました。いまごろ、だれもこの道を通るものはありませんでした。

天気が悪くなると、帰る人たちは急いで、とっくに帰ってしまいました。また、朝のうちから天気の変わりそうなのを気遣《きづか》って、出る人も見合わせていたので、日の暮れた原中《はらなか》では、一人の影も見えなかったのであります。

百姓は腹がすいてくるし、体は寒くなって、目をいくら大きく開けても、だんだんあたりは暗く、見えなくなってくるばかりでした。

彼は、どうなるかと思いました。道を迷って、小川の中にでも落ち込《こ》んだなら、牛といっしょに凍《こご》え死んでしまわなければならぬと思いました。

百姓は、まったく泣きたくなりました。

「ほんとうに、今日こなければよかった。来年の春まで、この牛を飼っておくことに、最初からきめてしまえばよかった。あの年とった博労のいったのはほんとうのことだ。

いま、この寒さに向かって、他人の手に渡すのはかわいそうだ」

　こう思うと、百姓は、振り向いて、後ろから黙《だま》ってついてくる黒い牛を見て、かわいそうに思いました。牛の脊中《せなか》にも、冷たい白い雪がかかっていました。

「来年の春までは置いてやるぞ。だが、今夜この野原でふたりが凍え死にをしてしまえば、それまでだ。俺は、もう一足も歩けない。おまえは道がわかっているか？　たびたびこの道を通ったこともあるから、もしおまえにわかったなら、どうか俺を乗せて、家までつれていってくれないか？」

　百姓は、牛に頼《たの》みました。

　彼は、最後に牛の助けを借りるよりほかに、どうすることもできなかったのであります。

　牛は、百姓を乗せて、暗い道をはうように雪の降る中を歩いていきました。夜が更《ふ》けてから、牛は、我が家の門口にきて止まりました。百姓は、はじめて生きた心地がして、明るい暖かな家の内に入ることができたのでした。

　百姓は、その晩、牛にはいつもよりかたくさんにまぐさをやりました。自分も酒を飲んで、床《とこ》の中に入って眠《ねむ》りました。

　明くる日になると、もう、百姓は、昨夜の苦しかったことなどは忘れてしまいました。そして、これからもあることだが、ああして道に迷ったときは、なまなか自分で手綱を引かずに、牛や馬の脊にまたがって、つれてきてもらうのがなによりりこうなやり方だと思いました。

彼は、あのとき、心で牛に誓《ちか》ったことも、忘れてしまいました。そして、どうかして、早く年若い牛を手に入れたいと思っていました。

ちょうどその時分、同じ村に住んでいる百姓で、牛をいい値で売ったという話をききました。町へどんどん牛が送られるので、町へきている博労が、いい値で手当たりしだいに買っているという話を聞いたのであります。

彼は、さっそく、その百姓のところへ出かけていきました。

「おまえさんの家《うち》の牛は、いくらで売れたか」とききました。すると、その百姓は、

「なんでも、大きな牛ほど値になるようだから、おまえさんの家《うち》の牛は年をとっているが、体が大きいからいい値になるだろう」といいました。

彼は、もし自分の牛が売られていったら、どうなるだろうという牛の運命などは考えませんでした。ただ、思っているよりはいい値になりさえすれば、いまのうちに牛を売ってしまって、金にしておくほうがいいと思いました。そして、来年の春になったら、若い、いい牛を買えば自分はもっとしあわせになると思いました。

さっそく、彼は、町へ牛を引いていって売ることにいたしました。

こうして、百姓は、ふたたびぬかるみの道を牛を引いて、町の方へといったのです。おそらく、今度ばかりは、ふたたび、牛はこの家《うち》に帰ってくるとは思われませんでした。

百姓は、道を歩きながら、「あの家《うち》の牛でさえ、それほどに売れたのだから、あの牛よりはずっと大きい俺の牛は、もっといい値で売れるだろう」と考えていました。そのとき、牛は、何事も知らぬふうに、ただ黙って、百姓の後ろから、ついて歩いていました。

町へ着きました。そして、百姓は、博労にあって、自分の牛を売りました。ほんとうに、彼が思ったよりは、もっといい値で売れたのであります。百姓は、金を受け取ると、長年苦労を一つにしてきた牛が、さびしそうに後に残されているのを見向きもせずに、さっさと出ていってしまいました。

「大もうけをしたぞ」と、彼は、こおどりをしました。

百姓は、これが牛と一生のお別れであることも忘れてしまって、なにか子供らに土産《みやげ》を買っていってやろうと思いました。それで、小間物屋に入って、らっぱに、笛に、お馬に、太鼓《たいこ》を買いました。二人の子供らに、二つずつ分けてやろうと思ったのであります。

この日も、また寒い日でありました。百姓は、たびたび入った居酒屋の前を通りかかると、つい金を持っているので、一杯やろうという気持ちになりました。

彼は、居酒屋ののれんをくぐって、ベンチに腰《こし》をかけました。そして、そこにきあわしている人たちを相手にしながら酒を飲みました。しまいには、舌が自由にまわらないほど、酔《よ》ってしまいました。

戸の外を寒い風が吹いていました。いつのまにか日は暮れてしまったのであります。

「今日は、牛を引いていないから世話がない。俺一人だから、のろのろ歩く必要はない。いくらでも早く歩いてみせる。三里や、四里の道は、一走りに走ってみせる」と、自分で元気をつけては、早く帰らなければならぬことも忘れて、酒を飲んでいました。

彼は、燈火《あかり》がついたのでびっくりしました。しかし酔っているので、あくまでおちついて、すこしもあわてませんでした。

やっと、彼は、その居酒屋から外に出ました。ふらふらと歩いて、町を出はずれてから、さみしい田舎道の方へと歩いていきました。

牛を売ってしまって、百姓は、まったく身軽でありました。しかし、いままでは、たとえ彼が道でないところをいこうとしても、牛は怪《あや》しんで、立ち止まったまま歩きありません。いまは、彼が道を迷っても、それを教えてくれるものはなかったのでありました。

百姓は、あちらへふらふら、こちらへふらふらと歩いているうちに、ちがった道の方へいってしまいました。そのうちに、一本の大きな木の根もとにつまずきました。

「やあ、なんだい？」といって、百姓はほおかぶりをした顔で仰《あお》ぎますと、大きな黒い木が星晴れのした空に突《つ》っ立っていました。懐《ふところ》に入っている財布《さいふ》や、腰につけている子供らへの土産を落としてはならないと、酔っていながら、彼は幾たびも心の中で思いました。そして、たしかに落とした気遣いはないと思うと、安心して、そのまま木の根に腰をかけてしまいました。

彼は、ほんとうにいい気持ちでありました。

ほおを吹《ふ》く風も、寒くはなかったのであります。あたりを見まわすと、いつのまにか、晩春になっていました。

まだ、野原には咲き残った花もあるけれど、一面にこの世の中は緑の色に包まれています。田の中では、かえるの声が夢のようにきこえて、圃《はたけ》はすっかり耕されてしまい、麦はぐんぐん伸《の》びていました。

彼は、このごろ手に入れた若い牛のことを考えながら、土手によりかかって空をながめていますと、野のはての方から、大きな月が上がりかけました。空は、よく晴れていて、月はまんまるくて、昼間のように、あたりを照らしています。

「まあ、あんなに若い、いい牛は、この村でも持っているものはたくさんない。みんな俺の牛を見ては、うらやまないものは一人もない……」と、彼は、いい機嫌《きげん》で独り言をしていました。

　すると、たちまち、あちらの方から太鼓の音《おと》がきこえ、笛の音《ね》がして、なんだか、一時《いちじ》ににぎやかになりました。

「不思議だ、もう日が暮れたのに、なにがあるのだろう？」と、彼は思って、その方を見守っていました。

　村じゅうの人が総出で、なにかはやしたてています。そのうち、こちらへ黒いものが、あちらの森の中から、逃《に》げるようにやってきました。見ると、自分の家《うち》の牛であります。牛は、いつのまに、小舎《こや》の中から外に出たものか、その脊中《せなか》には二人の子供たちが乗って、一人は太鼓をたたき、一人は笛を吹いていました。

「いつのまに、子供たちは、あんなに上手になったろう？」と、彼は感心して、耳を傾《かたむ》けました。

「きっと、子供らは、俺を探しにやってきたのだろう。いまじきに俺を見つけるにちがいない。そして、ここへきて、俺の前で、太鼓を打ち、笛を吹いてみせるにちがいない。俺は、子供らが見つけるまで、黙って眠ったふりをしていよう……」と思いました。

太鼓をたたいたり、笛を吹いたりしている、二人の子供たちの姿は、月がいいので、はっきりとわかりました。

やがて、牛は、彼のいる前へやってきました。子供たちが、自分を見つけて、いまにも飛び降りるだろうと思っていましたのに、牛は子供たちを乗せたまま、さっさと自分の前を通りすぎて、あちらへいってしまいました。

遠くに、池が見えていました。池の水は、なみなみとしていて、その上に、月の光が明るく輝《かがや》いていました。若い牛は、ずんずん、その方に向かって歩いてゆきました。

彼は、驚《おどろ》いて起き上がりました。なに用があって、子供たちは、池の方に歩いていくのか？　自分はここにいるのに！

「おうい、おうい」

彼は、牛を呼び止めようとしました。しかし、二人の子供たちが笛を吹いたり、太鼓をたたいたりしているので、彼の呼び声は、子供たちにはわからなかったのです。

百姓がこのごろ手に入れたばかりの、若い黒い牛は、水を臆《おく》せずにずんずんと池の中に向かって走るように歩いていきました。

このとき、百姓は、後悔《こうかい》しました。これが前の年とった牛であったら、こんな乱暴はしなかろう。そして、自分がこんなに心配することはなかったろう。あの年とった牛は、一度、暗い雪の降る夜《よ》、自分を助けたことがあった――あの牛なら、子供を乗せておいても安心されていたのに――と思いながら、彼は、大いに気をもんでいました。

彼は、もはや、じっとして見ていることができずに、その後を追っていきました。すると、すでに、牛は、自分の子供を乗せたまま池の中へどんどんと入っていきました。

「どうする気だろう」

百姓は、たまげてしまって、さっそく裸《はだか》になりました。そして、自分も池のふちまで走っていったときは、もうどこにも牛の影《かげ》は見えなかったのであります。

彼は、のどが渇《かわ》いて、しかたがありませんでした。草を分けて池の水を手にすくって、幾《いく》たびとなく飲みました。

このとき、太鼓の音《おと》と、笛の音《ね》は、遠く、池を越《こ》して、あちらの月の下の白いもやの中から聞こえてきました。

あの牛は、どうして水音もたてずに、この池を泳いでいったろう？　百姓は、とにかく子供たちが無事なので、安心しました。

彼は、また、そこにうずくまりました。すると、心地よい春の風は、顔に当たって、月の光が、ますますあたりを明るく照らしたのであります。

やっと夜が明けました。百姓は驚きました。小さな、川の中に体が半分落ちて、自分は道でもないところに倒《たお》れていたからです。帯は解けて、財布はどこへかなくなり、子供たちの土産に買ってきた笛や太鼓は、田の中に埋《う》まっていました。

少々隔《へだ》たったところには、高い大きな松の木がありました。木の上の冬空は、雲ゆきが早くて、じっと下界を見おろしていました。百姓の家は、ここからまだ遠かったのです。

千代紙の春

町はずれの、ある橋のそばで、一人のおじいさんが、こいを売っていました。おじいさんは、今朝そのこいを問屋《とんや》から請《う》けてきたのでした。そして、長い間、ここに店を出して、通る人々に向かって、

「さあ、こいを買ってください。まけておきますから」と、人の顔を見ながらいっていました。

人たちの中では、立ち止まって見てゆくものもあれば、知らぬ顔をして、さっさといってしまうものもありました。しかし、おじいさんは、根気よく同じことをいっていました。

そうするうちに、「これは珍《めずら》しいこいだ」といって、買ってゆくものもありました。そして、暮れ方までには、小さなこいは、たいてい売りつくしてしまいました。けれど、いちばん大きなこいは売れずに、盤台《ばんだい》の中に残っていました。

おじいさんは、大きなのが売れないので、気が気でありませんでした。どうかして、

それをはやく、あたりが暗くならないうちに売ってしまいたいと、焦《あせ》っていました。「さあ、大きなこいをまけておきますから、買ってください」と、しきりにおじいさんはわめいていました。

みんな通る人は、そのこいに目をつけてゆきました。

「大きなこいだな」といってゆくものもありました。

そのはずであります。こいは、幾年《いくねん》か大きな池に、またあるときは河の中にすんでいたのです。こいは、河の水音を聞くにつけて、あの早瀬《はやせ》の淵《ふち》をなつかしく思いました。また、木々の影《かげ》に映る、鏡のような青々とした、池の故郷を恋《こい》しく思いました。しかし、盤台の中に捕《と》らえられていては、もはや、どうすることもできなかったのです。そのうえに、もう捕らえられてから幾日もたって、あちらこちらと持ち運ばれています間に、すっかり体が弱ってしまって、まったく、昔のような元気がなかったのであります。

大きなこいは、自分の子供のことを思いました。また友だちのことを思いました。そして、どうかして、もう一度自分の子供や、友だちにめぐりあいたいと思いました。

「さあ、こいを買っていってください。もう大きいのが一ぴきになりました。うんとまけておきますから、買っていってください」

おじいさんは、その前を通る人たちに向かって、声をからしていっていました。晩方の道を急ぐ人たちは、ちょっと見たばかりで、

「このこいは値もいいにちがいない」と、心の中で思って、さっさといってしまうものばかりでした。

大きなこいは、白い腹を出して、盤台の中で横になっていました。こいは、よく肥えていました。けれど、もはや水すら十分に飲むこともできなかったので、この後《のち》、そんなに長いこと命が保たれようとは考えられませんでした。

春先であったから、河水は、なみなみとして流れていました。その水は、山から流れてくるのでした。山には、雪が解けて、谷という谷からは、水があふれ出て、みんな河の中に注いだのです。こんなときは、池にも水がいっぱいになります。そして、天気のいい暖かな日には、町から、村から、人々が釣《つ》りをしに池や河へ出かけるのも、もう間近なころでありました。

あわれなこいは、そんなことを空想していました。

このとき、一人のおばあさんがありました。つえをついて、この橋の上にさしかかりました。おばあさんには、心配がありましたから、とぼとぼと下を向いて歩いて、元気がなかったのです。それは、かわいい孫の美代子《みよこ》さんが、体が悪くて、家にねてい

たからです。

「どうかして、早く、美代の病気をなおしたいものだ」と、おばあさんは、このときも思っていました。

美代子さんは、ちょうど十二でした。このごろは、体が悪いので学校を休んで、医者にかかっていました。けれどなかなか昔《もと》のように元気よく、快《よ》くなおりませんでした。そして、美代子さんは、毎日、ねたり起きたりしていました。起きているときは、お人形の着物を縫《ぬ》ったり、また、雑誌を読んだり、絵本を見たりしていましたけれど、もとのように、お友だちと活発に、外へ出て駆《か》けたりして遊ぶようなことはなかったのです。

美代子さんのお母さんや、お父さんばかりでありませんでした。心配をしたのは、家《うち》じゅうのものでありました。

「ほんとうに、あの子の病気は、なぜなおらないのだろうか？」と、おばあさんは、いつもそのことを思いながら、つえをついて歩いて、橋のたもとにきかかったのです。

「さあ、こいをまけておきますから、買っていってください」と、おじいさんはいっていました。

おじいさんは、早くこいを売って家《うち》へ帰りたいと思いました。家《うち》には、二人の孫が、おじいさんの帰るのを待っていたからです。おじいさんの家《うち》は貧乏《びんぼう》でした。そして、おじいさんが、こうしてこいを売って金にして帰らなければ、みんなは楽しく、夕飯《ゆうはん》を食べることもできなかったのであります。

「さあ、まけておきますから、こいを買っていってください」と、おじいさんは、熱心にいいました。

おばあさんは、それを聞くと、つえをつきながら、立ち止まりました。そして、橋のそばに、店を開いている、盤台の中の大きなこいに目を止めたのであります。

おばあさんは、こいを病人に食べさせるとたいそう力がつくという話を思い出しました。

「ほんとうに、いい大きなこいだな」と、おばあさんはたまげたようにいいました。

「まけておきます。どうぞ買っていってください」と、おじいさんは声をかけました。

「うちの小さな娘《むすめ》が病気だから、それに買っていってやろうと思ってな」と、おばあさんはいいました。

「このこいをおあがりなされば、すぐに病気がなおります」と、おじいさんは答えました。

おばあさんは、じっと大きなこいが、肥えた白い腹を出しているのをながめていました。

したが、

「なんだか、このこいは、元気がないな。じっとしている」と、おばあさんは、ここんでいいました。

「どういたしまして、これが弱っているなどといったら、元気のいいのなどはありません」と、おじいさんはいいました。

おばあさんは、それでもくびを傾《かたむ》けていました。

「死んでいるのではないかい」と、おばあさんはたずねました。

「あんなに、口をぱくぱくやっているではありませんか」と、おじいさんはいいました。

「いくらだい？」

「大まけにまけて一両よりしかたがありません」と、おじいさんは答えました。

「どれ、ちょっと尾を持って、跳《は》ねるか見せておくれ」と、おばあさんは、註文《ちゅうもん》をしました。

このとき、ほんとうにこいは、死んでいるようにじっとしていましたが、おじいさんは、おばあさんがそういうので、大きなこいの尾を握《にぎ》って高くさしあげました。

こいは、このときだと思ったのです。いま自分が逃《に》げなければ数分間のうちに殺されてしまうと思いましたから、力まかせに、おじいさんの腕《うで》を尾でたたきつけて、おじいさんがびっくりして、手を放したすきに河の中へ一飛びに、飛び込《こ》んでしまったのです。

「あ、こいが逃げた！」

と、通りすがりの人々は叫《さけ》んで、黒くその前に集まりました。おじいさんも、おばあさんも、びっくりしましたが、中にもおじいさんは、この大きなこいを逃がしてしまったので大損をしなければなりませんでした。孫たちに夕飯のおかずを買ってゆくどころでありませんでした。

「尾をつかんで、上げてみせろなどといわなけりゃ、こいが逃げてしまうことはなかったのです。どうか、このこいのお金をください」と、おじいさんは、おばあさんにいいました。

おばあさんは、甲高《かんだか》な調子になって、

「なんで、受け取りもしないのに、代金を払うわけがあるかい。かわいい孫の口に入らないものを、私《わたし》は、お金なんか払《はら》わないよ」と、争っていました。

このとき、集まった人々の中から、頭髪《かみ》を長くした易者《えきしゃ》のような男が前に出てきました。

「おばあさん、こんなめでたいことはありません。死んだと思ったこいが跳ねて河の中へ躍《おど》り込むなんて、ほんとうにめでたいことです。きっとお孫さんのご病気は、明日《あす》からなおりますよ。孫のかわいいのは、だれも同じことです。このおじいさんにもかわいい孫が家《うち》に待っているのだから、おばあさん、こいの代金をはらっておやりなさい」と、その髪《かみ》の長い男はいいました。おばあさんは、こいの代金なんど払うものかと思っていましたが、いまこの男のいうことを聞くと、なるほど、もっともだと思いました。そこで、おばあさんは、しなびた手で財布《さいふ》の中から銭《ぜに》をとり出して、おじいさんに払ってやりました。

おじいさんは、おばあさんが、こいの代金を払ってくれるとにこにこしました。そして、ふところから美しい千代紙を出しました。

「おばあさん、この千代紙は、私《わたし》が孫に土産《みやげ》に持っていってやろうと思いましたが、なにも今日に限ったことでない。どうか、ご病気のお孫さんに持っていってあげてくださいまし」といって、渡《わた》そうとしました。

おばあさんは目を丸くして、

「千代紙なら、うちの子はたくさんもっていますよ。そんなものはいりません」といって断りました。けれどおじいさんは、無理に千代紙をおばあさんに手渡しました。

「そういうものでありません。またちがった色の千代紙をもらうと、子供というものは、喜ぶものですよ」と、おじいさんはいいました。

おばあさんは、千代紙をもらって、ふたたび、とぼとぼとつえをついて歩いて帰りました。空には、いい月が出ていました。おばあさんは、家《うち》に帰って、こいが跳ねて河の中に飛び込んで、そのお金を払ったということを話しますと、美代子さんのお母さんは、

「おばあさんが、こいを受け取りもなさらないのに、逃げたこいのお金を払うのは、ほんとうにばかばかしいことですね」といわれました。けれど、美代子さんのお父さんは、

「それはめでたいこった。きっと美代子の病気はなおってしまうだろう」と、ちょうどあの髪の長い、易者がいったようなことをいわれました。

そして、おばあさんが、こいが逃げたときのことをくわしく、みんなに話しますと、うちじゅうのものは、そのときの有り様がどんなにおかしかったろうといって、声をたてて笑いました。美代子さんは、明るい燈火《あかり》の下でこの話を聞いていましたが、やはりおかしくてたまりませんでした。そして逃げていったこいは、いまごろどうしたろう。河をのぼって、自分の故郷へ帰ったろうか。そうであったら、こいの子供や、

お友だちは、どんなに喜んで迎《むか》えたろうと考えました。

おばあさんは、たもとの中から、美しい千代紙を出して美代子さんに与《あた》えました。

「この千代紙は、こい売りのおじいさんが、孫に買っていってやろうと思ったのを、おまえが病気だというのでくれたのだよ」と、おばあさんはいわれました。

「しんせつなおじいさんですね」と、美代子さんのお母さんは、いわれました。

「こいのかわりに、千代紙をもらったのさ」と、お父さんは笑われました。美代子さんは、そのこい売りのおじいさんにも、また自分のような年ごろの孫があるのだと知りました。そして、その子は、どんなような顔つきであろう？　なんとなくあってみたいような、またお友だちになりたいような、なんとなくなつかしい気持ちがしたのであります。

「先生が、今日おいでになって、美代子は、お腹《なか》に虫がわいたのではないか？　そのお薬をあげてみようとおっしゃいました。きっとそうかもしれませんよ、あんまりいろいろなものを食べますからね」と、お母さんは、お父さんにいわれました。

「おばあさん、こいは食べないほうがよかったかもしれません」と、お父さんはいわれました。

「早くなおって、学校へゆくようにならなければいけません。もうじきに花が咲くのですもの」と、お母さんは、だれにいうとなく話されました。

美代子さんは燈火《あかり》の下で、千代紙をはさみで細かに切って、いろいろな花の形を造っていました。そして、病気がなおったら、お友だちと野原や、公園へ遊びにゆこうと考えていました。窓を開けると、いい月夜でした。美代子さんは、自分の造った千代紙の花をすっかり、窓の外に投げ散らしました。

二、三日すると、庭には、いろいろな花が、一時につぼみを破りました。千代紙の花が、みんな木の枝について、ほんとうの花になったのです。そして、美代子さんの病気はすっかりなおりました。

負傷した線路と月

レールが、町から村へ、村から平原へ、そして、山の間へと走っていました。そこは、町をはなれてから、幾十《いく》マイルとなくきたところでした。ある日のこと、汽車が重い荷物や、たくさんな人間を乗せて過ぎていきましたときに、レールのある部分に傷がついたのであります。

レールは、痛みに堪《た》えられませんでした。そして泣いていました。自分ほど、不運なものがあるだろうか。毎日、毎日、幾たびとなしに、重い汽罐車《きかんしゃ》に頭の上を踏《ふ》まれなければならない。汽罐車は、それをば平気に思っている。そればかりでなく、太陽が、身を焼くほど、強く照らしつける。日蔭《ひかげ》にはいろうとあせっても自由に動くことができない。太い釘《くぎ》が自分の体をまくら木にしっかりと打ちつけている。考えてみると、いったい自分の体というものはどうなるのであろうか……と、レールは、思って泣いていました。

「どうなさったのですか?」と、そばに咲いていた、うす紅色《べにいろ》をしたなでしこの花が、はじらうように頭をかしげてたずねました。

いつも、この花は、なぐさめてくれるのであります。こういわれて、レールはうれしく思いました。

「いえ、さっき、汽罐車が、傷をつけていったのです。たいした傷ではありませんけれども、私《わたし》は、身の上を考えてつくづく悲しくなりました。それで泣いていたのです」と、レールは、答えました。

「まあ、そうでしたか……。あなたのような、強い方がお泣きなさるのは、よくよくのことでございましょう。私《わたし》どもだったら、どうなってしまったかしれない。そういえば、さっきたくさんの材木と、米だわらと、石炭と、なにかの箱を、いっぱい貨車に積んでいきました。そして、今日は客車もいつもよりか長かったようでございました。山のあちらには、海があり、また、温泉などもありますから、そこへいく人たちでにぎわっていたのでしょう。それにしても、あなたの傷が、たいしたことがありませんで、ようございましたこと」と、花は、しんせつにいいました。

レールは、きらきらと光る顔を花の方に向けて、

「やさしいあなたが、私をなぐさめてくださるので、どれほど、私は、うれしく思っているでしょう。あなたが、すぐ近くで咲かない時分はどんなに、私は、さびしかっ

たでしょう……」と、日ごろは、いたって強く黙《だま》っていて、辛抱《しんぼう》しているレールは、つい涙《なみだ》ぐましい気持ちになりました。

するとうす紅色をした花は、いいました。

「しかし、私の命もそう長くはありません。このあつさで、私の体は、弱っています。長いこと雨が降らないのですもの」と、歎《なげ》いたのでした。

このとき、風が、レールの上をかすめて、花を揺《ゆ》すっていったのであります。

レールは、耳をすましながら、

「夕立がやってきそうですよ。遠方で雷《かみなり》が鳴っています。それは、あなたの耳には、はいりますまい。ずっと遠くでありますから。けれど私どもは、こうして長く、つづいていますので、その音が伝わって聞こえてくるのです」といいました。

花は風に吹《ふ》かれながら、

「ほんとうでしょうか。そうであれば、どれほど私はうれしいかしれません」と答えました。

このとき、花を吹いている風がいいました。

「ほんとうですよ。今日は、こちらも降るでしょう。もうすこしたつと、雲がぐんぐん押《お》し寄せてきて、あの太陽の光を隠《かく》してしまいますから」と、知らしてくれました。

レールは、熱くなった体を、早く水に浴びて冷《さま》したいと思いました。また、花は、早く、水を吸って死にそうな渇《かわ》きをば、いやしたいと思いました。

しばらくすると、はたして、黒い雲や、灰色の雲がぐんぐんとあちらから押し寄せてまいりました。そして、青々としていた空をしだいに征服《せいふく》して、いつしか太陽の光すら、まったくさえぎってしまったのです。

焼けるように、赤くいろどられていた野は、急に涼《すず》しく、うす暗くかげったのでした。その時分から雷の音は、だんだん大きく近づいてきたのでした。

レールも花も、声をたてずに、ものすごくなった空の模様をながめていました。雨がとうとう降ってきたのであります。雨は花に降りそそぎました。また、レールの上に降りかかりました。そしてレールの熱くなった体を冷やして、その傷痕《きずあと》を洗ってやりながら、「まあ、かわいそうに……」と、雨はいいました。

レールは、涙ぐみながら、雨に向かって、今日、冷酷《れいこく》な汽罐車に傷つけられたこと、太陽が、これまでというものは、毎日、毎日、用捨《ようしゃ》なく、頭から照りつけたことなどを話しました。すると雨は、こういいました。

「それは、お気の毒なことです。私はあつくなっていたあなたの体をひやしてあげました。私たちはもうじきにここを去らなければなりません。その後にはきっと月が出るでありましょう。月は、太陽とはまったく気性がちがっています。そして、万物《ばんぶつ》の運命をつかさどる力は、いまこそ太陽のようになくても、昔は、えらかったものだそうです。そのことを月に向かってお話しなさい。月は、あなたが訴《うった》えなされたら、けっして悪いように取りはからいはしなかろうと思います……」と、雨は静かな調子でさとしてくれました。

はたしてほどなく雲が去り、そして降っていた雨は晴れてしまいました。あとには、すがすがしい夕空が青々と水のたたえられたように澄《す》んで見えました。

その夜《よ》、平原を照らした月は、いつも見る月よりは清らかで、その光のうちには、慈悲《じひ》の輝《かがや》きを含《ふく》んでいました。やさしい花は、雨にぬれたまうなだれて、早くから眠《ねむ》ってしまい、そしてその葉蔭のあたりから、虫の泣く声が流れていました。

去っていった雨が月にささやいてでもいったものか、月が、この平原を照らしたときは、まずレールの上に、その姿を映しました。レールは、月に向かって、今日、自分を傷つけていった汽罐車があったことを告げたのであります。

「どんな汽罐車であるかしれないけれど、そんなことをしてしらぬ顔をしているとは冷酷な汽罐車である。私《わたし》がいって不心得をさとしてやるから、もし見覚えがあったら聞かしなさい」と、月はいいました。

レールは、汽罐車の番号を教えました。

月は、さっそく、町から村へ、村から山の間へというふうに、力のおよぶかぎり、レールの告げた汽罐車をさがして歩いたのです。ちょうどその時分、鉄橋の上を走っている汽車がありました。月はその汽罐車ではないかと飛び下りてみましたが、番号がちがっていました。

月は海岸という海岸、野原という野原をさがしてまわりました。そして、いたるところに汽車が走っているのを認めました。貨車ばかりのもあれば、また客車に貨車がまじっていたのもありました。海岸では海水浴をしている人間もありました。彼らは、「ほんとうに、いい月夜だこと」といって、砂浜でねころんだり、また暗い波の中を泳いだりしていました。客車の窓からは、人々が頭を出して、海の景色をながめながら、笑ったり、話したりしていました。

しかし、この汽車の汽罐車も、月のたずねている番号ではありませんでした。こうしてほとんど同じ時刻に、地上をたくさんの汽車が走っていましたが、レールのいった汽罐車は、トンネルの中へでもはいっていたものか、つい月の目にとまりませんでした。

涼しい一夜を送って、レールは、もはや、昨日《きのう》の苦痛を忘れてしまいましたけれど、約束をした月は翌日の夜《よる》も、レールを傷つけた汽罐車を探してまわったのでした。すると、ある停車場《ていしゃば》の構内に、ここからは、遠くへだたっている平原の中のレールから聞いた番号の汽罐車がじっとして休んでいました。

月は、さっそく、汽罐車の上へたどりつきました。そして、いつものように、静かな調子で、

「どうして、そんなに、沈《しず》んで、じっとしているのだ」といって、たずねました。

汽罐車は、月に、こういって話しかけられると、はじめて、口を開きました。

「私はどんなに、疲《つか》れているかしれません。毎日、毎日、遠い道を走らせられるのです。そして昨日《きのう》は、いままでにない重い荷をつけさせられていたので、一つの車輪を痛めてしまいました。私《わたし》は、あの重い荷物と車室の中で、そんなことには無頓着《むとんちゃく》に、笑ったり、話したりしていた人間が、憎《にく》らしくてしかたがありません……」と訴えたのであります。

「そんなら、おまえも、体をいためたのか？」と、月は問いました。

「そうです。どこかでレールとすれ合って、一つの車輪を傷つけました」と、汽罐車は答えました。

月は、それを聞くと、だれが悪いということができなかった。そして、レールを傷

つけたといって汽罐車をしかることもできなかったのであります。

「その荷物は、どこまで載《の》せていったんですか」と、さらに月はききました。

「どこといって一ところではありませんでした。大きな箱は、港の駅までつけていき、また石炭や木材は、ほかの町で降ろしました」と、汽罐車はいいました。

「どうぞ、お大事に……」といって、月はこんどは、港の方へまわったのであります。すると、いま、汽船が煙《けむり》をはいて出ようとしていました。その船には、大きな箱がいくつも載せられてありました。月は、さっそく、船の上へやってきて、箱を照らしたのであります。

「これからどこへいくのですか」と、月はたずねました。箱は、黙って、物思いに沈んでいましたが、

「私《わたし》たちは、どこへやられるのかわかりません。故郷を出てから、長い間汽車に載せられました。そして、いまこの広々とした海の上をあてもなく漂《ただよ》っているのをみると心細くなるのであります」と、箱は答えたのです。

　月は、そこで、いったいだれが悪いのかと考えました。そこで、こんどは、人間のようすを見とどけようと思いました。そして、街へ降りて、あたりを見まわしましたが、もうだいぶんおそかったとみえて、みんな窓がしまっていました。一軒《りん》、二階の

窓がガラス戸になっているのがありましたので、月はそれからのぞきました。すると、そこには、かわいらしい赤ん坊《ぼう》がちょうど目をさまして、月を見て喜んで、笑っていたのであります。

殿《との》さまの茶わん

昔、ある国に有名な陶器師《とうきし》がありました。代々《だいだい》陶器を焼いて、その家《うち》の品《しな》といえば、遠い他国にまで名が響《ひび》いていたのであります。代々の主人は、山から出る土を吟味《ぎんみ》いたしました。また、いい絵かきを雇《やと》いました。また、たくさんの職人を雇いました。花びんや、茶わんや、さらや、いろいろのものを造りました。旅人は、その国に入りますと、いずれも、この陶器店をたずねぬほどのものはなかったのです。そして、さっそく、その店にまいりました。

「ああ、なんというりっぱなさらだろう。また、茶わんだろう……」といって、それを見て感嘆《かんたん》いたしました。

「これを土産《みやげ》に買っていこう」と、旅人は、いずれも、花びんか、さらか、茶わんを買ってゆくのでありました。そして、この店の陶器は、船に乗せられて他国へもゆきました。

ある日のことでございます。身分の高いお役人が、店頭にお見えになりました。お

役人は主人を呼び出されて、陶器を子細《しさい》に見られまして、

「なるほど、上手に焼いてあるとみえて、いずれも軽く、しかも手際《てぎわ》よく薄手《うすで》にできている。これならば、こちらに命令をしてもさしつかえあるまい。じつは、殿《との》さまのご使用あそばされる茶わんを、念に念を入れて造ってもらいたい。それがために出向いたのだ」と、お役人は申されました。

陶器店の主人は、正直な男でありまして、恐《おそ》れ入りました。

「できるだけ念に念を入れて造ります。まことにこの上の名誉《めいよ》はございませんしだいです」といって、お礼を申しあげました。

役人は立ち帰りました。その後で、主人は店のもの全部を集めて、事のしだいを告げ、

「殿さまのお茶わんを造るように命ぜられるなんて、こんな名誉のことはない。おまえがたも精いっぱいに、これまでにない上等な品物を造ってくれなければならない。軽い、薄手のがいいとお役人さまも申されたが、陶器はそれがほんとうなんだ」と、主人は、いろいろのことを注意しました。

それから幾日《いくにち》かかかって、殿さまのお茶わんができあがりました。また、いつかのお役人が、店頭へきました。

「殿さまの茶わんは、まだできないか」と、役人はいいました。

「今日《きょう》にも、持って上がろうと思っていたのでございます。たびたびお出かけを願って、まことに恐縮《きょうしゅく》の至りにぞんじます」と、主人はいいました。

「さだめし、軽く、薄手にできたであろう」と、役人はいいました。

「これでございます」と、主人は、役人にお目にかけました。

それは、軽い、薄手の上等な茶わんでありました。茶わんの地《じ》は真っ白で、すきとおるようでございました。そして、それに殿さまの御紋《ごもん》がついていました。

「なるほど、これは上等の品だ。なかなかいい音《おと》がする」といって、お役人は、茶わんを掌《て》の上に乗せて、つめではじいて見ていました。

「もう、これより軽い、薄手にはできないのでございます」と、主人は、うやうやしく頭を下げて役人に申しました。

役人は、うなずいて、さっそく、その茶わんを御殿へ持参するように申しつけて帰られました。

主人は、羽織・はかまを着けて、茶わんをりっぱな箱の中に収めて、それをかかえて参上いたしました。

世間には、この町の有名な陶器店が、今度、殿さまのお茶わんを、念に念を入れて造ったという評判が起こったのであります。

お役人は、殿さまの前に、茶わんをささげて、持ってまいりました。

「これは、この国での有名な陶器師が、念に念を入れて造った殿さまのお茶わんでございます。できるだけ軽く、薄手に造りました。お気に召《め》すか、いかがでございますか」と申しあげました。

殿さまは、茶わんを取りあげてごらんなさると、なるほど軽い、薄手の茶わんでございました。ちょうど持っているかいないか、気のつかないほどでございました。

「茶わんの善悪は、なんできめるのだ」と、殿さまは申されました。

「すべて陶器は、軽い、薄手のを貴《たっと》びます。茶わんの重い、厚手のは、まことに品のないものでございます」と、役人はお答えしました。

殿さまは、黙《だま》ってうなずかれました。そして、その日から、殿さまの食膳《しょくぜん》には、その茶わんが供えられたのであります。

殿さまは、忍耐《にんたい》強いお方でありましたから、苦しいこともけっして、口に出して申されませんでした。そして、一国をつかさどっていられる方でありましたから、すこしぐらいのことには驚《おどろ》きはなされませんでした。

今度、新しく、薄手の茶わんが上がってからというものは、三度のお食事に殿さまは、いつも手を焼くような熱さを、顔にも出されずに我慢《がまん》をなされました。

「いい陶器というものは、こんな苦しみを耐《た》えなければ、愛玩《あいがん》ができないものか」と、殿さまは疑われたこともあります。また、あるときは、

「いやそうでない。家来どもが、毎日、俺《おれ》に苦痛を忘れてはならないという、忠義の心から熱さを耐《こら》えさせるのであろう」と思われたこともあります。

「いや、そうでない。みんなが俺を強いものだと信じているので、こんなことは問題としないのだろう」と思われたこともありました。

けれど、殿さまは、毎日お食事のときに茶わんをごらんになると、なんということなく、顔色が曇《くも》るのでございました。

あるとき、殿さまは山国《やまぐに》を旅行なされました。その地方には、殿さまのお宿をするいい宿屋もありませんでしたから、百姓家《ひゃくしょうや》にお泊《と》まりなされました。

百姓は、お世辞のないかわりに、まことにしんせつでありました。殿さまはどんなにそれを心からお喜びなされたかしれません。いくらさしあげたいと思っても、山国の不便なところでありましたから、さしあげるものもありませんでしたけれど、殿さまは、百姓の真心をうれしく思われ、そして、みんなの食べるものを喜んでお食べになりました。

季節は、もう秋の末で寒うございましたから、熱いお汁《しる》が身体《からだ》をあたためて、たいへんうもうございましたが、茶わんは厚いから、けっして手が焼けるようなことがありませんでした。

殿さまは、このとき、ご自分の生活をなんという煩《わずら》わしいことかと思われました。いくら軽くたって、また薄手であったとて、茶わんにたいした変わりのあるはずがない。それを軽い薄手が上等なものとしてあり、それを使わなければならぬということは、なんといううるさいばかげたことかと思われました。

殿さまは、百姓のお膳に乗せてある茶わんを取りあげて、つくづくごらんになっていました。

「この茶わんは、なんというものが造ったのだ」と申されました。

百姓は、まことに恐れ入りました。じつに粗末《そまつ》な茶わんでありましたから、殿さまに対してご無礼をしたと、頭を下げておわびを申しあげました。

「まことに粗末な茶わんをおつけもうしまして、申しわけはありません。いつであったか、町へ出ましたときに、安物を買ってまいりましたのでございます。このたび不意に殿さまにおいでを願って、この上のない光栄にぞんじましたが、町まで出て茶わんを求めてきます暇《ひま》がなかったのでございます」と、正直な百姓はいいました。

「なにをいうのだ、俺は、おまえたちのしんせつにしてくれるのを、このうえなくうれしく思っている。いまだかつて、こんな喜ばしく思ったことはない。毎日、俺は茶わんに苦しんでいた。そして、こんな調法ないい茶わんを使ったことはない。それで、だれがこの茶わんを造ったかおまえが知っていたなら、ききたいと思ったのだ」と、殿さまはいわれました。

「だれが造りましたかぞんじません。そんな品は、名もない職人が焼いたのでございます。もとより殿さまなどに、自分の焼いた茶わんがご使用されるなどということは、夢にも思わなかったでございましょう」と、百姓は恐れ入って申しあげました。

「それは、そうであろうが、なかなか感心な人間だ。ほどよいほどに、茶わんを造っている。茶わんには、熱い茶や、汁を入れるということをそのものは心得ている。だから、使うものが、こうして熱い茶や、汁を安心して食べることができる。たとえ、世間にいくら名まえの聞こえた陶器師でも、そのしんせつな心がけがなかったら、なんの役にもたたない」と、殿さまは申されました。

殿さまは、旅行を終えて、また、御殿にお帰りなさいました。お役人らがうやうやしくお迎《むか》えもうしました。殿さまは、百姓の生活がいかにも簡単で、のんきで、お世辞こそいわないが、しんせつであったのが身にしみておられまして、それをお忘れになることがありませんでした。

お食事のときになりました。それをごらんになると、膳の上には、例の軽い、薄手の茶わんが乗っていました。それをごらんになると、たちまち殿さまの顔色は曇りました。また、今日から熱い思いをしなければならぬかと、思われたからであります。

ある日、殿さまは、有名な陶器師を御殿へお呼びになりました。陶器店の主人は、いつかお茶わんを造って奉《たてまつ》ったことがあったので、おほめくださるのではないかと、内心喜びながら参上いたしますと、殿さまは、言葉静かに、

「おまえは、陶器を焼く名人であるが、いくら上手に焼いても、しんせつ心がないと、なんの役にもたたない。俺は、おまえの造った茶わんで、毎日苦しい思いをしている」と諭《さと》されました。

陶器師は、恐れ入って御殿を下がりました。それから、その有名な陶器師は、厚手の茶わんを造る普通《ふつう》の職人になったということです。

牛《うし》　女《おんな》

　ある村に、脊《せ》の高い、大きな女がありました。あまり大きいので、くびを垂れて歩きました。その女は、おしでありました。性質は、いたってやさしく、涙《なみだ》もろくて、よく、一人の子供をかわいがりました。

　女は、いつも黒いような着物をきていました。ただ子供と二人ぎりでありました。まだ年のいかない子供の手を引いて、道を歩いているのを、村の人はよく見たのであります。そして、大女でやさしいところから、だれがいったものか「牛女《うしおんな》」と名づけたのであります。

　村の子供らは、この女が通ると、「牛女」が通ったといって、珍《めずら》しいものでも見るように、みんなして、後ろについていって、いろいろのことをいいはやしましたけれど、女はおしで、耳が聞こえませんから、黙《だま》って、いつものように下を向いて、のそりのそりと歩いてゆくようすが、いかにもかわいそうであったのであります。

　牛女は、自分の子供をかわいがることは、一通りでありませんでした。自分が不具者だということも、子供が、不具者の子だから、みんなにばかにされるのだろうということも、父親がないから、ほかにだれも子供を育ててくれるものがないということも、よく知っていました。

それですから、いっそう子供に対する不憫《ふびん》がましたとみえて、子供をかわいがったのであります。

子供は男の子で、母親を慕《した》いました。そして、母親のゆくところへは、どこへでもついてゆきました。

牛女は、大女で、力も、またほかの人たちよりは、幾倍《いくばい》もありましたうえに、性質が、やさしくあったから、人々は、牛女に力仕事を頼《たの》みました。たきぎをしょったり、石を運んだり、また、荷物をかつがしたり、いろいろのことを頼みました。牛女は、よく働きました。そして、その金で二人は、その日、その日を暮らしていました。

こんなに大きくて、力の強い牛女も、病気になりました。どんなものでも、病気にかからないものはないでありましょう。しかも、牛女の病気は、なかなか重かったのであります。そして働くこともできなくなりました。

牛女は、自分は死ぬのでないかと思いました。もし、自分が死ぬようなことがあったなら、子供をだれが見てくれようと思いました。そう思うと、たとえ死んでも死にきれない。自分の霊魂《たましい》は、なにかに化けてきても、きっと、子供の行く木を見守ろうと思いました。牛女の大きなやさしい目の中から、大粒《おおつぶ》の涙が、ぽとりぽとりと流れたのであります。

しかし、運命には牛女も、しかたがなかったとみえます。病気が重くなって、とうとう牛女は死んでしまいました。

村の人々は、牛女をかわいそうに思いました。どんなに置いていった子供のことに心を取られたろうと、だれしも深く察して、牛女をあわれまぬものはなかったのであります。

人々は寄り集まって、牛女の葬式《そうしき》を出して、墓地にうずめてやりました。そして、後に残った子供を、みんながめんどうを見て育ててやることになりました。

子供は、ここの家《うち》から、かしこの家《うち》へというふうに移り変わって、だんだん月日とともに大きくなっていったのであります。しかし、うれしいこと、また、悲しいことがあるにつけて、子供は死んだ母親を恋《こい》しく思いました。

村には、春がき、夏がき、秋となり、冬となりました。子供は、だんだん死んだ母親をなつかしく思い、恋しく思うばかりでありました。

ある冬の日のこと、子供は、村はずれに立って、かなたの国境《こっきょう》の山々をながめていますと、大きな山の半腹《はんぷく》に、母の姿がはっきりと、真っ白な雪の上に黒く浮《う》き出して見えたのであります。これを見ると、子供はびっくりしました。けれど、このことを口に出してだれにもいいませんでした。

子供は、母親が恋しくなると、村はずれに立って、かなたの山を見ました。すると、天気のいい晴れた日には、いつでも母親の黒い姿をありありと見ることができたのです。ちょうど母親は、黙《だま》って、じっとこちらを見つめて、我が子の身の上を見守っているように思われたのでありました。

子供は、口に出して、そのことをいいませんでしたけれど、いつか村人は、ついにこれを見つけました。

「西の山に、牛女が現れた」と、いいふらしました。そして、みんな外に出て、西の山をながめたのであります。

「きっと、子供のことを思って、あの山に現れたのだろう」と、みんなは口々にいいました。子供らは、天気のいい晩方には、西の国境の山の方を見て、

「牛女！　牛女！」と、口々にいって、その話でもちきったのです。

ところが、いつしか春がきて、雪が消えかかると、牛女の姿もだんだんうすくなっていって、まったく雪が消えてしまう春の半ばごろになると、牛女の姿は見られなく

なってしまったのです。

しかし、冬となって、雪が山に積もり里に降るころになると、西の山に、またしても、ありありと牛女の黒い姿が現れました。村の人々や子供らは冬の間、牛女のうわさでもちきりました。そして、牛女の残していった子供は、恋しい母親の姿を、毎日のように村はずれに立ってながめたのであります。

「牛女が、また西の山に現れた。あんなに子供の身の上を心配している。かわいそうなものだ」と、村人はいって、その子供のめんどうをよく見てやったのです。

やがて春がきて、暖かになると、牛女の姿は、その雪とともに消えてしまったのでありました。

こうして、くる年も、くる年も、西の山に牛女の黒い姿は現れました。そのうちに、子供は大きくなったものですから、この村から程近《ほどちか》い、町のある商家へ奉公《ほうこう》させられることになったのであります。

子供は、町にいってからも、西の山を見て恋しい母親の姿をながめました。村の人々は、その子供がいなくなってからも、雪が降って、西の山に牛女の姿が現れると、母親と、子供の情合《じょうあ》いについて、語り合ったのでありました。

「ああ、牛女の姿があんなにうすくなったもの、暖かになったはずだ」と、しまいには、季節の移り変わりを、牛女について人々はいうようになったのでした。

牛女の子供は、ある年の春、西の山に現れた母親の許しも受けずに、かってにその商家から飛び出して、汽車に乗って、故郷《ふるさと》を見捨てて、南の方の国へいってしまったのであります。

村の人も、町の人も、もうだれも、その子供のことについて、その後《のち》のことを知ることができませんでした。そのうちに、夏も過ぎ、秋も去って、冬となりました。

やがて、山にも、村にも、町にも、雪が降って積もりました。ただ不思議なのは、どうしたことか、今年にかぎって、西の山に牛女の姿が見えないことでありました。

人々は、牛女の姿が見えないのをいぶかしがって、

「子供が、もう町にいなくなったから、牛女は見守る必要がなくなったのだろう」と、語り合いました。

その冬も、いつしか過ぎて春がきたころであります。町の中には、まだところどころに雪が消えずに残っていました。ある日の夜《よる》のことであります。町の中を大きな女が、のそりのそりと歩いていました。それを見た人々は、びっくりしました。まさしく、それは牛女であったからであります。

どうして牛女が、どこからきたものかと、みんなは語り合いました。人々はその後《のち》

もたびたび真夜中に、牛女がさびしそうに町の中を歩いている姿を見たのでありました。

「きっと牛女は、子供が故郷《こきょう》から出ていってしまったのを知らないのだろう。それで、この町の中を歩いて、子供を探しているのにちがいない」と、人々はいいました。

雪がまったく消えて、町の中には跡《あと》をも止《とど》めなくなりました。木々は、みんな銀色の芽をふいて、夜《よる》もうす明るくていい季節となりました。

ある夜《よ》、人は牛女が町の暗い路次《ろじ》に立って、さめざめと泣いているのを見たといいます。しかしその後《のち》、だれひとり、また牛女の姿を見たものがありません。牛女はどうしたことか、もはやこの町にはおらなかったのです。

その年以来、冬になっても、ふたたび山には牛女の黒い姿は見えなかったのであります。

牛女の子供は、南の方の雪の降らない国へいって、そこでいっしょうけんめいに働きました。そして、かなりの金持ちとなりました。そうすると、自分の生まれた国がなつかしくなったのであります。国へ帰っても、母親もなければ、兄弟もありませんけれど、子供の時分に自分を育ててくれたしんせつな人々がありました。彼は、その人たちや、村のことを思い出しました。その人たちに対して、お礼をいわなければならぬと思いました。

子供は、たくさんの土産物《みやげ》と、お金とを持って、はるばると故郷《こきょう》に帰ってきたのであります。そして、村の人々に厚くお礼を申しました。村の人たちは、牛女の子供が出世をしたのを喜び、祝いました。

牛女の子供は、なにか、自分は事業をしなければならぬと考えました。そこで村に彼は、広い地面を買って、たくさんのりんごの木を植えました。大きないいりんごの実を結ばして、それを諸国に出そうとしたのであります。

彼は、多くの人を雇《やと》って、木に肥料をやったり、冬になると囲いをして、雪のために折れないように手をかけたりしました。そのうちに木はだんだん大きく伸《の》びて、ある年の春には、広い畑一面に、さながら雪の降ったように、りんごの花が咲きました。太陽は終日、花の上を明るく照らして、みつばちは、朝から日の暮れるまで、花の中をうなりつづけていました。

初夏のころには、青い、小さな実が鈴生《すずな》りになりました。そして、その実がだんだん大きくなりかけた時分に、一時に虫がついて、畑全体にりんごの実が落ちてしまいました。

明くる年も、その明くる年も、同じように、りんごの実は落ちてしまいました。そ

れはなんとなく、子細《しさい》のあるらしいことでありました。村のもののわかったじいさんは、牛女の子供に向かって、

「なにかのたたりかもしれない。おまえさんには、心あたりになるようなことはないかな」と、あるとき、聞きました。牛女の子供は、そのときは、なにもそれについて思い出すことはありませんでした。

しかし、彼は、独りとなって、静かに考えたとき、自分は町から出て、遠方へいった時分にも、母親の霊魂《たましい》に無断であったことを思いました。また、故郷《こきょう》へ帰ってきてからも、母親のお墓におまいりをしたばかりで、まだ法事も営まなかったことを思い出しました。

あれほど、母親は、自分をかわいがってくれたのに、そして、死んでからもああして自分の身の上を守ってくれたのに、自分はそれに対して、あまり冷淡《れいたん》であったことに、心づきました。きっと、これは母の怒《いか》りであろうと思いましたから、子供は、懇《ねんご》ろに母親の霊魂《たましい》を弔《とむら》って、坊《ぼう》さんを呼び、村の人々を呼び、真心をこめて母親の法事を営んだのでありました。

明くる年の春、またりんごの花は真っ白に雪のごとく咲きました。そして、夏には、青々と実りました。毎年《まいとし》このころになると、悪い虫がつくのでありましたから、今年

は、どうか満足に実を結ばせたいと思いました。

　すると、その年の夏の日暮れ方のことであります。どこからとなく、たくさんのこうもりが飛んできて、毎晩のようにりんご畑の上を飛びまわって、悪い虫をみんな食べたのであります。その中に、一ぴき大きなこうもりがありました。その大きなこうもりは、ちょうど女王のように、ほかのこうもりを率いているごとく、見えました。月が円く、東の空から上《のぼ》る晩も、また、黒雲《くろくも》が出て外の真っ暗な晩も、こうもりは、りんご畑の上を飛びまわりました。その年は、りんごに虫がつかずよく実って、予想したよりも、多くの収穫《しゅうかく》があったのであります。村の人々は、たがいに語らいました。

「牛女が、こうもりになってきて、子供の身の上を守るんだ」と、そのやさしい、情の深い、心根《こころね》を哀《あわ》れに思ったのであります。

　また、つぎの、つぎの年も、夏になると、一ぴきの大きなこうもりが、多くのこうもりを率いてきて、りんご畑の上を毎晩のように飛びまわりました。そして、りんごには、おかげで悪い虫がつかずによく実りました。

　こうして、それから四、五年の後には、牛女の子供は、この地方での幸福な身の上の百姓《ひゃくしょう》となったのであります。

兄弟のやまばと

「お母さん。これから、また寒い風が吹《ふ》いてさびしくなりますね。そして、白く雪が野原をうずめてしまって、なにも、私《わたし》たちの目をたのしませるようなものがなくなってしまうのですね。なんで、お母さんは、こんなさびしいところにすんでいたいのでしょうか」と、子ばとは、母親に向かっていいました。

いままで輝《かがや》かしかった山も、野原も、もはや、冬枯れてしまいました。そして、哀《あわ》れな、枝に止まったはとの羽にはなお寒い北風が吹いているのであります。

「おまえ、こんないいところがどこにあろう。ここにすんでいればこそ安心なんだよ。それは、もっと里に近い野原にゆけば食物《しょくもつ》もたくさんあるし、おまえたちの喜びそうな花や、流れもあるけれど、すこしも油断はできないのだ。ここにはもう長年いるけれど、そんな心配はすこしもない。それに山には、赤く熟した実がなっているし、あの山一つ越《こ》せば、圃《たんぼ》があって、そこには私《わたし》たちの不自由をしないほどの食物も落ちている。こんないいところがどこにあろう……。けっして、ほかへゆくなどと思ってはならない」と、母親は、子ばとたちをいましめたのであります。

兄弟の子ばとは、はじめのうちは、母親のいうことをほんとうだと思って、従っていました。しかしだんだん大きく、強くなると、冒険《ぼうけん》もしてみたかったのであります。ある、よく晴れた日のこと、兄弟の子ばとは母の許しを得て山を一つ越して、あちらの圃《たんぼ》へゆくことにしました。これまでは、母親がついていったのでした。けれど、めったに、そこには、人の影《かげ》を見なかったので、母親は、あすこへならば、たとえ二人をやってもだいじょうぶであろうと安心したからであります。

二羽の子ばとは、朝日の光を浴びて、巣を離《はな》れると、空を高らかに、元気よく飛んでゆきました。そしてやがて、その影を空の中へ没《ぼっ》してしまった時分、母親は、ため息をもらしました。

「子供たちの大きくなるのを楽しみにして待ったものだが、大きくなってしまうと、もはや私から離れていってしまう……」

そして、親ばとは、独り、さびしそうに、巣のまわりを飛びまわって、やがて子供たちの帰るのを待っていたのであります。

二羽の子ばとは、母親の心などを思いませんでした。

「兄さん、もっと、どこかへいってみようじゃありませんか。里の方へゆかなければ、いいでしょう……」と、弟がいいました。

「そうだな。海の方へゆこうか……。そして、あんまりおそくならないうちに帰れば、お母さんにしかられることもあるまい」と、兄は、さっそく、合意しました。二羽の子ばとは、自分たちのすることをすこしもよくないなどとは思っていませんから、すぐに、青い空を翔《か》けて海の方へと飛んでゆきました。

ようやく、あちらに、輝く海が、笑っているのが、目にはいった時分、どこからか、自分たちを呼ぶ、はとの声がきこえてきました。

「兄さん、どこかで、だれか私たちの仲間が呼んでいるようですよ」と、弟が、兄を顧《かえり》みていいました。

「ほんとうにな……、どこだろうか？」と、兄は答えました。しかし、兄弟は、じきに、自分たちの仲間が、海辺の丘《おか》の上で鳴いているのを知ったので、ただちに、その方へ飛んでいったのであります。

丘の上で鳴いていたはとは、ずっと兄弟の子ばとよりはきれいでありました。兄弟は、そのはとが、山育ちでなく、自分たちと異《ちが》って、町にすんでいるはとだということを悟《さと》ったのであります。

「山の方には、なにか珍《めずら》しい、そして、おもしろいことがありますか」と、きれいなはとがたずねました。

「いま、赤い実が熟《う》れています。圃《たんぼ》には、取り残された豆が、まだすこしは落ちているはずです……」と、山からきた、兄のほうのはとがいいました。

「あなたは、どこからおいでになりました？　つい、これまでお見かけしたことがありません」と、弟が、町からきたはとに向かって聞いたのであります。

「私《わたし》は、めったにこのあたりへはきたことがないのです。めずらしく、いいお天気なものですから、海を見ようと思ってきました」と、町からきたはとは、答えました。

それから三羽のはとは、仲よく遊びました。丘をあちらにゆくと、そこにも豆圃《まめたんぼ》のあとがあって、たくさん豆が落ちていました。兄弟の子ばとは、町からきたはとに向かって、

「さあ、こんなにたくさん豆が落ちていますからお拾いなさい」といいました。

けれど、町のはとは、それを拾おうとせずに、

「私たちは、毎日、豆や、芋《いも》は食べあきています。あなたがたが、もし私といっしょに町へおいでなさったら、驚《おどろ》きなさるとおもいます……」

と、町からきたはとは、得意になっていいました。

山の子ばとは、不思議に感じながら、

「町には、どうして、そんなに豆や、芋などがたくさんにあるのですか？」

と聞きました。

「みんな人間が、私たちにくれるのです」

「人間が？」

兄弟の子ばとは、ますます不思議なことに感じたのであります。自分たちは人間をどんなに怖《おそ》ろしいものに思っているかしれない。鉄砲《てっぽう》を打って、自分たちの命を取るものは、人間ではないか。自分たちの仲間は、これまで、みんな人間のために殺されたのではないか？　そう思うと、町からきたはとのいうことは、あまりに意外でなりませんでした。

「人間は、私たちをかわいがってくれます。そして人間の子供は、私たちといっしょに、いつも遊んでいます。もし無法なものがあって、私たちに石を投げたり、また捕《と》らえたりするものがあれば、そのものはみんなから罰《ばっ》せられるでありましょう……。町にいるほうが、どれほど、安全であり、にぎやかであり、愉快《ゆかい》であるかわかりません……。もし私といっしょに町へおいでなさる気があるなら、つれていってあげましょう……」と、町のはとは、兄弟に向かっていいました。

弟は、すぐにも、いっしょにゆきたいと思いましたが、兄は、お母さんが心配なさるだろうと思って、考えていました。

このとき、白い波が、岸を打って、こちらのようすをうかがっていましたが、二羽のやまばとが、思案している顔を見て、急に、おかしくなったとみえて、波は、笑いながら、

「よく考えたがいい。考えてみたがいい……」と、叫《さけ》んだのでありました。

「今日は、山のお家《うち》へ帰って、明日《あした》、出なおしてきますから、もし、明日、私たちをつれていってくだされば、このうえの喜びはありません」と、山のはとはいいました。

町からきたはとは、しんせつないいはとでありました。

「そんなら、よく話をしておいでなさい。明日《あした》、また私は、ここへきますから」といって、その日は、別れてたがいに、山と町へ帰ったのであります。

兄と弟のやまばとは、丘を越えて、山の方へと急ぎました。そこには、哀れな母親が、枝に止まって、風に吹かれながら、子供らの帰るのを待っていました。

二羽の子供たちは、帰ってきて、今日、町のはとにあって話をしたことを母親に告げたのであります。

「お母さん、なぜ私たちも町へいってすまないのですか？」と、兄と弟はいいました。

「いいえ、ここがいちばんいいところです。町へなどいってごらんなさい。一日だっ

て安心しては暮らせませんよ」と、母親はいいました。

「だって、お母さん、人間は、町へいけばしんせつで、けっして、捕らえたり、打ち殺すようなことはしないといいます」と、兄はいいました。

「そして、町では鉄砲で打ったりすると、かえって、その人間は、みんなから罰せられるということを、町のはとはいっていました」と、弟がいいました。

母親は、だまって、二羽の子供のいうことを聞いていましたが、

「おまえたちは、そんな着物をきては、町などへゆけません。すぐに、山のはとだということがわかってしまいます。町の人は、山のはとは、殺してもいいということになっているのですよ」といいました。

二羽の子ばとは、なるほど、自分たちの着物が、町のはとにくらべて、たしかに粗《そ》末《まつ》であったことを思い出しました。けれど、母親のいうように、着物の粗末ときれいとによって、殺されたり、殺されなかったりすることが、あろう道理がないと考えて、母親の言《ことば》を、そのまま信ずることはできませんでした。そして、翌日になると、町のはとと約束をしたことを思い出して、母親には、じきに帰ってくるからといって、二羽の子ばとは、ふたたび海辺の方を指して飛んできたのであります。

町のはとは、もうとっくに、そこへきて山の兄弟のはとのやってくるのを待ってい

ました。その日、海の白い波は、気づかわしげに、三羽のはとのようすをながめていましたが、そのうちに三羽のはとは、町の空を指して飛んでゆきました。

それきり、二羽の子ばとは、姿を見せませんでした。町にいって、たくさんの町のはとたちに珍しがられて、得意になって、山の話をしていたものでしょうか……。兄弟のようすはわからなかったのです。その日から、山では、母親の子供を呼ぶ声がさびしく、陰気に、毎日のように聞かれました。

半月もたった、あらしの過ぎた朝のことでした。海の波は、いつかの二羽の兄弟のはとが疲《つか》れはてて、砂原に降りているのを見ました。町から、無事に帰ったものと思われます。

「こんなに、朝早くどうしたのですか?」と、波は、二羽の疲れはてた兄弟に向かってたずねました。

すると、兄は、だいぶ傷《いた》んだ翼《つばさ》をくちばしで整えながら、

「町の空は、真《ま》っ赤《か》だ。いつか、ここへきたはとも、いままですんでいた寺も、みんな焼けてしまった。私たち二人は、やっと逃げて、ここまできた」と、息をせきながら、いいました。

波は、この話をきいて、びっくりして、空へ跳《は》ね上がって、かなたの空を見ようと

しました。

その間に、二羽のはとは、山の方を指して飛んでいったのであります。

とうげの茶屋

とうげの、中ほどに、一けんの茶屋がありました。町の方からきて、あちらの村へいくものや、またあちらの村から、とうげを越《こ》して、町の方へ出ていくものは、この茶屋で休んだのであります。

ここには、ただひとり、おじいさんが住んでいました。男ながら、きれいにそうじをして、よく客をもてなしました。お茶をいれ、お菓子《かし》をだしたり、また酒を飲むものには、あり合わせのさかなに、酒のかんをして、だしました。おじいさんは、女房《にょうぼう》に死なれてから、もう長いこと、こうしてひとりで、商売をしていますが、みんなから、親しまれ、ゆききに、ここへ立ち寄るものが、多かったのであります。おじいさんは、いつも、にこにこして、だれ彼の差別なく、客をもてなしましたから、だれからも、

「おじいさん、おじいさん」と、いわれていました。

おじいさんも、こうして、いそがしいときは、小さなからだをくるくるさして、考

えごとなど、するひまはありませんが、人のこないときは、ただひとり、ぼんやりとして、店さきにすわっているのでした。すると、いつとなしに、眠気《ねむけ》をもよおして、いねむりをするのでした。

もっとも、だんだん年をとると、こうして、ひとりでじっとしているときは、目をあけても、ふさいでも、おなじように、いつも夢を見ているような、また、うつつでいるような、ちょうど酒にでも酔《よ》っているときのような、気持ちになるのです。

おじいさんも、このごろ、こんなような日がつづきました。戸外は、秋日和《びより》で、空気がすんでいて、はるかのふもとを通る汽車の音が、よくきこえてきます。どこか、森で鳴く、鳥の声が、手にとるように、耳へとどきます。

おじいさんは、汽車の音がかすかになるまで、耳をすましていました。やがて、あちらの山の端《は》を、海岸の方へまわるとみえて、一声《せい》汽笛が、高く空にひびくと、車の音がしだいにかすかに消えていきます。

「もう、汽車の窓から、沖《おき》の白い浪《なみ》が見えるだろう」

おじいさんは、自分が、その車に乗っているような気でいました。

また、若い時分、山へ薪《たきぎ》をとりに、せがれをつれていって、ちょうど山はじめたきのこをたくさんとったことを思い出しました。あのときの、冷たい地面に漂《ただよ》う朽ちかけた葉の、なつかしい香《かお》りが、いまも鼻先でするようです。帰ると、おばあさんも、まだ達者だったから、すぐなべへ入れて、火にかけました。

いま鳴く、鳥の声が、そのときのことを、しみじみと思い出させるのでした。

夢ともなく、うつつともなく、おじいさんが、じっとして愉《たの》しい空想にふけっていると、朝、この前を通って町へ出た村の人々が、もう用をたしてもどるころともなるのでした。

この、のどかな、ゆったりとした気持ちは、おじいさんと向き合う山も同じでありました。黄・紫《むらさき》・紅《あか》と、峰《みね》や谷が美しく彩《いろど》られていました。そして、まんまんと、青く澄《す》みわたる空の下で、静かに考え込《こ》んでいるように見えました。こうして、いい天気のつづく後には、冬を迎《むか》えるすさまじいあらしがくるのを、あらかじめ知らぬのではないけれど、すぎし日の、春から夏へかけての、かがやかしかった思い出に、心を奪《うば》われて、短い日ざしのうつるのを忘れているのでした。まして、このとき、おじいさんと山の静かな心持ちを破るものは、なにひとつなかったのです。

ところが、ある日、こんなうわさが、茶屋で休んだ村の人から、おじいさんの耳へはいりました。

「おじいさん、ここへ、このあいだ、あめ屋さんが寄って、たいそう酔ったというじやないか」

「ああ、いい気持ちで、帰らした」と、おじいさんは、にこにこして、答えました。

「どうりで、きつねにばかされたって。なんでも、一晩じゅう林の中で、明かさしたということだ」

「えっ、あめ屋さんがかい」と、おじいさんは、びっくりしました。

「町へいく道へ出ようと思って、おなじ道をなんべんも、ぐるぐるまわっているうちに、目がさめると、西山の林の中で、寝《ね》ていたということった」と、村の人はいいました。

　そのとき、おじいさんは、あめ屋が、いい機嫌《きげん》になって、子供の時分のことなどを話して、

「この西の方の山へ、子供のころ、きのこをとりにきたことがあった」と、さもなつかしげに、あちらをながめて、あの山でなかったか、いや、もうすこしこちらの山であったとかいっていたのを思い出しました。酔っているので、しぜんと足が、その方へ向いたのかもしれぬと、そう、そのときのようすを村人に話すと、

「なるほど、そんなことかもしれぬ。多分そうだろうよ。いまどき、きつねにばかされるなんて、まったくばかげた、おかしな話だものな」

その村人も、そういって、笑いました。

しかし、このきつねの話は、よほど誠《まこと》しやかに、伝えられたものとみえ、その翌日だったか、村の助役《じょやく》が、茶屋へ入ってくると、

「おじいさん、わるいきつねが出て、人を騒《さわ》がすそうだが、ここでは、なにも変わったことはないかね」と、問いました。

おじいさんは、にこにこしながら、

「あめ屋さんが、ばかされたといいますが」

「村の女どもも、町からの帰りに、ぶらさげてきた塩ざけをとられたといっている。なんでも、後からついてきて、さらったものらしい」

「それは、いつのことですか」

「つい、二、三日前のことで、まだうす暗くなったばかりのころだそうだ」

そうきくと、おじいさんの目へ、二、三人の若い女《おんな》れんが、ぺちゃくちゃとしゃべりながら、この家の前を通った、姿が浮《う》かびました。その中の一人は、背にさけをぶらさげていたが、からだをゆすって笑うたびに、さけが、右へ、左へ、ぶらぶらと、振《ふ》り子のようにうごいて、途中《とちゅう》で落ちなければいいがと、こちらから見ていて、思ったのを記憶《きおく》に呼びもどしました。

「これから、寒くなって、えさがなくなると、どんないたずらをするかしれない」

助役は、こういって、たばこに、火をつけました。

「どこか、道で落としたのでありませんか」と、おじいさんは、いいました。

「なに、逃《に》げていくきつねのうしろ姿を見たというから、ほんとうのことだろう」と、助役は、そう信じていました。

「おじいさん、きつねなんか、まあどうでもいいがね、それより、来年はこの前をバスが通るというじゃないか」と、助役は、あらたまって、さもおおげさに、いいました。

「バスがで、ございますか」

「まだ、知らないとみえるな。そうしたら、いままでのように、歩くものがなくなるだろう」

「歩くものが、なくなりましょうな。そうすれば、もう、この商売もどうなりますか」

おじいさんは、力なくいいました。

「世の中が、便利になれば、一方に、いいこともあるし、一方には、わるいこともある。しかし、そこは頭の働かせようだ。考えてみさっしゃい。近い他《た》の村から、みんなこの道へ出てくるだろう。バスの停留場が、この家の前にでも着くことに決まったものなら、この店はいくら繁昌《はんじょう》するかしれないぜ」

「そうでございましょうか」と、おじいさんは、白髪頭《しらがあたま》をかしげて、あたらしくいれた茶を助役の前へ出しました。助役は茶わんをとり上げながら、

「それも、運動するのはいまのうち、早いほうがいいぜ」といいました。

「運動するといいましても、なにぶん、この年寄りひとりではどこへも出られません」と、おじいさんは、かしこまってすわり、ひざの上で、しなびた手をこすっていました。

「なに、おまえさんがその気なら、代わって運動をしてやってもいい」と、若い助役は、相手の心持ちを読みとろうと、鋭《するど》く、おじいさんの顔を見ました。

おじいさんは、心で、どうせそれには金がいるんだろう。いったい、いくらばかりあったら、その望みがかなえられるのかと、もじもじやっていました。

「いま、話をきいて、すぐといっても、分別もつくまいから、おじいさん、よく考えておかっしゃい」

そう、いいのこすと、助役は店を出ていきました。

おじいさんは、このころから、なにか新しい問題が、身に起こると、しきりに心細

さを感じました。それは、年のせいかもしれません。そして、遠くはなれている一人の息子のことを思うのでした。いよいよ、いっしょになって、頼《たよ》ろうかとも考えるのであります。

おじいさんは、客がいなくなって、ひとりになると、このあいだ、せがれがよこした、手紙を出して、見ていました。それにはそちらは、じき寒くなって雪が降りますが、こちらは冬もあたたかです。父上も、どうかこちらへいらして、親子いっしょにお暮らしくださいませんか。私《わたし》どもも、まだ子供のないうちに孝行したいと思います、というようなことが書いてありました。たぶん、せがれが、工場《こうじょう》の休み時間に書いたものとみえ、工場の用箋《ようせん》が使ってありました。おじいさんは、それらの文字ににじむ、親思いの情《じょう》をうれしく、ありがたく感じ、手紙をいただくようにして、また仏壇《ぶつだん》のひきだしへしまいました。長年苦楽を共にした女房が、また、せがれにはやさしかった母が、いまは霊《れい》となって、ここにはいり、なにもかもじっと見ている気がして、おじいさんは花生けの水をかえ、かねをたたいて、つつましく手を合わせました。

このとき、人のきたけはいがしました。

「このごろは、めっきり、早く日が暮れるのう」

そういいながら入ったのは、年とった百姓《ひゃくしょう》でありました。

「いま、町のもどりかの」と、おじいさんは、親しげに迎えました。

百姓は、おじいさんのそばへ寄って、腰《こし》を下ろしました。おじいさんのおし出す火《ひ》鉢《ばち》にあたって、昔風の太いきせるに火をつけました。

二人は、小学校時代からの友だちでありました。ほかにも仲のよかったものもあったが、早く死んだり、あるいは、この土地にいなくなったりして、この年となるまでつき合いをし、たがいに身の上話を打ち明けるのは、わずかこの二人ぐらいのものであります。

「一本つけるかの」

「それを、たのしみに、町で飲みたいのを我慢《がまん》してきたわい」

これを聞くと、おじいさんは、炉《ろ》の中に松葉をたき、上から釣《つ》るした鉄びんをわかしにかかりながら、

「来年から、この道をバスが通るということった。それで、いまのうち、はやく前へ停留場の着くよう運動をしろと、さっき助役さんがいらしていわしたが、おまえも知るとおり、おらも、だんだん年をとるだし、いっそせがれの許《もと》へいったほうがいいかとも考えてな」と、しんみりとした調子で、語りました。

年とった百姓は、下を向き、青い煙《けむり》をただよわして、燃える火をじっと見て、きい

ていましたが、

「なにしろ、親ひとり、子ひとりだもの、いっしょに暮らすに越すことはない。だが、生まれたときから、住みなれた土地だもの、ここをはなれかねるおまえの心持ちはよくわかる。どっちでも、よく思案して、好きなようにするがいいぜ。しかし、この道をバスが通るので、商売が成り立たぬという心配なら、しないがいい。バスに乗る人はきまっている。毎日、荷を負って、町へ出たり入ったりするものが、そんなものに乗れっこない。それに、雪が降れば、車など、通りたくても、通れっこない。ここは、冬のほうが、休む人が多いんだから、先越し苦労をさっしゃるな。停留場なんか、どこへ着いてもいいという気で、成り行きにまかしておかっしゃい。また、どんなことがあろうと、おまえ一人ぐらい、わしらが、困らしはしない」といって、おじいさんをなぐさめました。

「このくらいで、かんはどうだろう？」

おじいさんが徳利《とっくり》を上げてつぐのを百姓はうけ、口へ入れて、首をかしげました。

「もうちっと、あつくするかい」

「いや、ちょうどいい。ああ、おまえがいけるなら、いっしょにやりたいと、いつもおらあ、ざんねんに思うだよ」

「なあに、そうして、気持ちよく飲んでもらえれば、わしも酔ったように、うれしくなるぜ」

二人は、親しく話しながら、開《ひら》いている障子の間《あいだ》から、ほんのりと明るく暮れていく山の方をながめていました。

その翌日は、にわかに天気が変わりました。朝のうちから木枯らしが吹《ふ》きつのり、日中も人通りが、絶えたのです。おじいさんは早くから戸を閉めてしまいました。

まだ、外の空は、幾分《いくぶん》明るかったけれど、家の内は、灯《ともしび》をつけると、夜の更《ふ》けたごとく、しんとしました。このときトン、トン、と戸をたたく音がしました。

おじいさんは、風の音だろうと、はじめは気にとめなかったが、つづいて、トン、トンと、音がきこえるので、だれかきたのだとさとりました。

ふと、きつねの出るうわさが、頭へ浮かんだので、おじいさんは、いっそう用心しながら、戸の方へ近づきました。

「なんのご用かな」と、内から大きな声でききました。

「お閉めになったのを、すみません」

そう、いったのは、やさしい女の声でした。おじいさんは、ますます、不審《ふしん》に思い、戸を細めに開けて、外をのぞきました。

するると、そこには、小さな男の子をつれた、まだ若い女の人が立っていました。ようすで、旅のものであるとわかります。

「もう、だれもこないと思いまして、早くしめました」

「すみません、お芋か、かきでも、なにかたべるものがありましたら」と、女は、いいました。

「はい、ありますが」と、おじいさんは、戸をからりとあけました。

「すこし入ってお休みなさっては。どちらへ、おいでなさるのですか」と、おじいさんは、たずねました。

「この先の村へいくのですが、汽車がおくれて着きまして、それにはじめての土地なもんで、聞き、聞き、まいりました。子供が、もう歩けないからというのを、なにかあったら、買ってあげようといい、いい、元気づけてきました」

おじいさんは、奥から、かきと芋を盆《ぼん》にのせて持ってきて女に渡《わた》し、別にゆでたくりを一握《にぎ》り、それは、自分から子供の両手へ入れてやりながら、

「それは、それは、おたいぎのことです。ここから、もう一息のお骨おりですが、道はよろしゅうございます。それではすこしでもお早く、明るいうちに、いらっしゃいまし」といいました。そして、心では、だれか、村の青年で、他郷に家を持ったもの

の女房であろうと思いました。

「お世話になりました」と、女は、礼をいって、子供の手を引き、風の中をうす暗くなりかけた道へ消えていきました。

しばらく、戸口に立って、見送っていたおじいさんは自分にも、あちらでせがれの結婚した嫁《よめ》のあることを思いました。

「いつ、ああして、訪ねてこないものでもない」

もし、そのとき、町から、村へ、バスが通っていたら、どんなになるか、便利なことであろう。そう、考えると、このときまで、頭の中にあった、商売上のことや、一身の損得などということが一しゅんに落ち葉のごとく吹き飛んでしまって、ただ世の中の明るくなるのが、なにより喜ばしいことであるように感じられ、また、多くの人たちがしあわせになるのを、真に心から望まれたのでありました。

金《きん》の輪《わ》

太郎は長い間、病気で臥《ふ》していましたが、ようやく床《とこ》から離《はな》れて出られるようになりました。けれどまだ三月の末で、朝と晩には寒いことがありました。だから、日の当たっているときには、外へ出てもさしつかえなかったけれど、晩方になると早く家《うち》へ入るように、お母さんからいいきかされていました。

まだ、桜の花も、桃《もも》の花も咲くには早うございましたけれど、梅だけが垣根《かきね》のきわに咲いていました。そして、雪もたいてい消えてしまって、ただ大きな寺の裏や、圃《はたけ》のすみのところなどに、幾分《いくぶん》か消えずに残っているくらいのものでありました。

太郎は、外に出ましたけれど、往来にはちょうど、だれも友だちが遊んでいませんでした。みんな天気がよいので、遠くの方まで遊びにいったものとみえます。もし、この近所であったら、自分もいってみようと思って、耳を澄《す》ましてみましたけれど、それらしい声などは聞こえてこなかったのであります。

独りしょんぼりとして、太郎は家の前に立っていましたが、圃には去年取り残した野菜などが、新しく緑色の芽をふきましたので、それを見ながら細い道を歩いていました。

すると、よい金の輪の触《ふ》れ合う音がして、ちょうど鈴《すず》を鳴らすように聞こえてきました。

かなたを見ますと、往来の上を一人の少年が、輪をまわしながら走ってきました。そして、その輪は金色《きんいろ》に光っていました。太郎は目をみはりました。かつてこんなに美しく光る輪を見なかったからであります。しかも、少年のまわしてくる金の輪は二つで、それがたがいに触れ合って、よい音色《ねいろ》をたてるのであります。太郎はかつてこんなに手際《てぎわ》よく輪をまわす少年を見たことがありません。いったいだれだろうと思って、かなたの往来を走ってゆく少年の顔をながめましたが、まったく見覚えのない少年でありました。

この知らぬ少年は、その往来を過ぎるときに、ちょっと太郎の方を向いて微笑《びしょう》しました。ちょうど知った友だちに向かってするように、懐《なつ》かしげに見えました。

二

輪をまわしてゆく少年の姿は、やがて白い路《みち》の方に消えてしまいました。けれど、太郎はいつまでも立って、その行方を見守っていました。

太郎は、「だれだろう」と、その少年のことを考えました。いつこの村へ越《こ》してきたのだろう？　それとも遠い町の方から、遊びにきたのだろうかと思いました。

明くる日の午後、太郎はまた圃の中に出てみました。するど、ちょうど昨日《きのう》と同じ時刻に、輪の鳴る音が聞こえてきました。太郎はかなたの往来を見ますと、少年が二つの輪をまわして、走ってきました。その輪は金色に輝《かがや》いて見えました。少年はその往来を過ぎるときに、こちらを向いて、昨日よりもいっそう懐かしげに、微笑《ほほえ》んだのであります。そして、なにかいいたげなようすをして、ちょっとくびをかしげましたが、ついそのままいってしまいました。

太郎は、圃の中に立って、しょんぼりとして、少年の行方を見送りました。いつしかその姿は、白い路のかなたに消えてしまったのです。けれど、いつまでもその少年の白い顔と、微笑とが太郎の目に残っていて、取れませんでした。

「いったい、だれだろう」と、太郎は不思議に思えてなりませんでした。いままで一度も見たことがない少年だけれど、なんとなくいちばん親しい友だちのような気がしてならなかったのです。

明日《あした》ばかりは、ものをいってお友だちになろうと、いろいろ空想を描《えが》きました。やがて、西の空が赤くなって、日暮れ方になりましたから、太郎は家《うち》の中に入りました。

その晩、太郎は母親に向かって、二日も同じ時刻に、金の輪をまわして走っている少年のことを語りました。母親は信じませんでした。

太郎は、少年と友だちになって、自分は少年から金の輪を一つ分けてもらって、往来の上を二人でどこまでも走ってゆく夢を見ました。そして、いつしか二人は、赤い夕焼け空の中に入ってしまった夢を見ました。

明くる日から、太郎はまた熱が出ました。そして、二、三日めに七つで亡《な》くなりました。

遠くで鳴る雷《かみなり》

二郎は、前の圃《はたけ》にまいた、いろいろの野菜の種子《たね》が、雨の降った後で、かわいらしい芽を黒土の面《おもて》に出したのを見ました。

小さなちょうの羽のように、二つ、葉をそろえて芽を出しはじめたのは、きゅうりであります。

そのほかにもかぼちゃ、とうもろこしの芽などが生えてきました。

きゅうりは、だんだんと細い糸のようなつるを出しました。お母さんは、きゅうりの植わっているところに、たなを造ってやりました。たなといっても、垣根《かきね》のようなものであります。それに、きゅうりのつるはからみついて、のびてゆくのであります。

やがて、ほかのいろいろな野菜の芽も大きくなりましたが、いつしかきゅうりのつるは、その垣根にいっぱいにはいまわって、青々とした、厚みのある、そして、白いとげのようなうぶ毛をもった葉がしげりあったのでありました。

そのうちに、黄色の、小さな花が咲きました。その花のしぼんだ後には、青い青い、細長い実がなったのであります。

二郎は、毎年《まいとし》、夏になると、こうしてきゅうりのなるのを見るのでありますが、その初なりの時分には、どんなにそれを見るのが楽しかったでしょう。

「もう、あんなに大きくなった」と、彼は、毎日のように、家《うち》の前の圃に出ては、きゅうりの葉蔭《はかげ》をのぞいて、一日ましに大きくなってゆく、青い実を見ては、よろこんでいたのであります。

いくつもきゅうりの実はなりましたが、その中に、いちばん先になったのが、いちばん大きくみごとにできました。

「お母さん、きゅうりがあんなに大きくなりましたよ」と、二郎は、外から家《いえ》の内《なか》に入ると、毎日のように母親に告げました。

「ほんとうに、いいきゅうりがなったね」と、お母さんはいわれました。

二郎は、そのきゅうりがよくてよくて、しようがありません。

毎日それに、さわってみては、もいでもいい時分ではないかと思っていました。

ある日のことでありました。お母さんは、二郎に向かって、

「二郎や、あの大きくなったきゅうりをもいでおいでなさい。つるをいためないように、ここにはさみがあるから、上手にもいでおいで」といわれました。

二郎は、さっそく圃へと勇んでゆきました。そして、はさみを握《にぎ》って、葉蔭をのぞきますと、そこに大きなきゅうりがぶらさがっています。

二郎は、なんとなくそれをもぐのがしのびないような、哀《あわ》れなような、惜《お》しいような気がしてしばらくそこに立っていました。

二郎は、ぼんやりとして、夢のように、きゅうりが芽を出したばかりの姿や、やっと竹にからみついて、黄色な花を咲かせた時分を思い出すと、ほんとうにこの実をつるから切り離《はな》すのがかわいそうでならなかったのです。

二郎は、チョキンときゅうりをもぎました。そして、それを鼻にあてて匂《にお》いをかいだり、もっと自分の目に近づけて、このいきいきとした、とりたての、新しい青い実をながめたのであります。

「お母さん、これをどうして食べるの？」と、二郎はたずねました。

「まあ、みごとな、いい初なりですね。これは食べるのではありません。おまえが、釣《つ》りにいったり、泳ぎにいったりするから、水神《すいじん》さまにあげるのです」と、お母さんはいわれました。

二郎は、それを聞くと、なんだか惜しいような気のうちにも、ひとつのさびしさを感じたのであります。

「水神さまは、きゅうりをたべなさるの？」

「きゅうりは、ぶかぶかと流れて、遠い遠い海の方へいってしまうのですよ。それでもおまえの志だけは、水神さまに通るのです……」と、お母さんは哀れっぽい声でいわれました。

二郎は、自分の名をそのきゅうりに書きました。きゅうりの青いつやつやとした肌《はだ》は、二郎の書こうとする筆の先の墨《すみ》をはじきました。それでも、二郎は、何度となく筆で、その上をこすって字を書きました。

「お母さん、よく書けませんが、これでいいですか」と、二郎は、きゅうりを母親に示しました。

「おお、いいとも、いいとも。それをおまえは持っていって投げておいで」と、お母さんはいわれました。

二郎は、きゅうりを持って、いつも自分たちのよく遊びにゆく河の橋のところへやってきました。ちょうど雨上がりで、水がなみなみと岸にまであふれそうにたくさんでありました。そして悠々《ゆうゆう》と流れていました。

両岸《りょうがん》には草や雑木がしげっていました。

二郎は、ドンブリと橋の上から、手に持っていたきゅうりを水の上に落としました。

きゅうりは、浮《う》きつ、沈《しず》みつ、二郎が欄干《らんかん》につかまって見ている間《あいだ》に、下《しも》の方へと流れていってしまいました。

二郎は、この日、家《いえ》に帰っても、きゅうりのことを思い出して、さびしそうにしていました。

「いまごろは、どこへいったろう？」

二郎は、あてなく、きゅうりの行方《ゆくえ》を思っていたのです。すると晩方の空が晴れて、かなたには、夏の赤銅色《しゃくどういろ》の雲がもくもくと、頭をそろえていました。そして、遠くの方で、雷《かみなり》の音がしたのであります。

二郎は、寝るときもきゅうりのことを思っていました。しかし、床に入るとじきに寝入ってしまいました。

その間《あいだ》、きゅうりは、水に、流れ、流れて、夜の間、森のかげや、広い野原や、またいくつかの村を通り過ぎて、夜《よ》の明けたころにはもはや幾里となく遠くへいってしまったのです。そして、まだ、そのうえにも、きゅうりは、旅をつづけていました。

その日の午後でありました。一人のみすぼらしいふうをした乞食《こじき》の子が、低い橋の上に立って、独りさびしそうに、流れてゆく水の上を見ていました。水には、雲の影《かげ》と草の葉の影が映っていたばかりです。

そのとき、一つのきゅうりが、ぶか、ぶかと流れてきました。子供は、棒を持ってきて、あわててそのきゅうりを拾い上げました。きゅうりに書かれた文字は、すっかり水に洗われて消えていました。

けれど、遠い、遠い、水上《みなかみ》から流れてきたことだけは、乞食の子にもわかりました。なぜなら、まだ、このあたりは、風が寒くて、きゅうりの芽がそんなに大きくはならないからです。

乞食の子は、そのきゅうりを手にとって、大喜びでした。さっそく、これから母や妹に見せようとあちらに駆《か》け出してゆきました。

この日、はじめて、山のあちらに、雷の鳴るのを子供はきいたのであります。子供はふと途《みち》の上に立ち止まって、耳を傾《かたむ》けていました。北の方にも、夏がやってきたのであります。

港に着いた黒んぼ

やっと、十《とお》ばかりになったかと思われるほどの、男の子が笛を吹《ふ》いています。その笛は、ちょうど秋風が、枯れた木《き》の葉を鳴らすように、哀《あわ》れな音をたてるかと思うと、春のうららかな日に、緑の色の美しい、森の中でなく小鳥の声のように、かわいらしい音をたてていました。

その笛の音《ね》を聞いた人々は、だれがこんなに上手に、また哀れに笛を吹いているのかと思って、そのまわりに寄ってきました。するとそれは、十ばかりの男の子で、しかもその子供は、弱々しく見えたうえに、盲目《めくら》であったのであります。

人々は、これを見て、ふたたびあっけにとられていました。

「なんという、不憫《ふびん》な子供だろう?」と、心に思わぬものはなかった。

しかし、そこには、ただその子供が、一人いたのではありません。その子供の姉さんとも見える十六、七の美しい娘《むすめ》が、子供の吹く笛の音につれて、唄《うた》をうたって、踊《おど》っていたのでありました。

娘は、水色の着物をきていました。髪《かみ》は、長く、目は星のように輝《かがや》いて澄《す》んでいました。そして、はだしで砂の上に、軽やかに踊っている姿は、ちょうど、花弁《はなびら》の風に舞《ま》うようであり、また、こちょうの野に飛んでいる姿のようでありました。娘は、人恥《は》ずかしそうに低い声でうたっていました。その唄は、なんという唄であるか、あまり声が低いので聞きとることは、みんなにできなかったけれど、ただ、その唄をきいていると、心は遠い、かなたの空を馳《は》せ、また、さびしい風の吹く、深い森林を彷徨《さまよ》っているように頼《たよ》りなさと、悲しさを感じたのであります。

人々は、この姉と弟が、毎日どこから、ここにやってきて、こうして唄をうたい、笛を吹いてお金をもらっているのか知りませんでした。それは、どこにもこんな哀れな、美しい、またやさしい、乞食《こじき》を見たことがなかったからであります。

この二人は、まったく親もなければ、他《た》に頼るものもなかった。この広い世界に、二人は両親に残されて、こうしていろいろとつらいめをみなければならなかったが、中にも弱々しい、盲目の弟は、ただ姉を命とも、綱《つな》とも、頼らなければならなかったのです。やさしい姉は、不幸な弟を心から憫《あわ》れみました。自分の命に換《か》えても、弟のために尽《つ》くそうと思いました。この二人は、この世にも珍《めずら》しい仲のよい姉弟《きょうだい》でありました。

弟は、生まれつき笛が上手で、姉は、生まれつき声のいいところから、二人は、ついにこの港に近い、広場にきて、いつごろからともなく笛を吹き、唄をうたって、そこに集まる人々にこれを聞かせることになったのです。

朝日が上《のぼ》ると二人は、天気の日には、欠かさずに、ここへやってきました。姉は、盲目の弟の手を引いてきました。そして、終日、そこで笛を吹き、唄をうたって、日が暮れるころになると、どこへか、二人は帰ってゆきました。

日が輝いて、暖かな風が、柔《やわ》らかな草の上を渡《わた》るときは、笛の音《ね》と唄の声は、もつれあって、明るい南の海の方に流れてゆきました。

姉は、毎日のように、こうして踊ったり、唄をうたったりしましたけれど、弟の笛の音を聞くと、いつも、疲《つか》れるということをすこしも身に覚えませんでした。

元来内気なこの娘は、人々がまわりにたくさん集まって、みんなが目を自分の上に向けていると思うと恥ずかしくて、しぜん唄の声も滅入《めい》るように低くはなりましたけれど、そのとき、弟の吹く笛の音に耳を傾《かたむ》けると、もう、自分は、広い、広い、花の咲き乱れた野原の中で、独り自由に駆《か》けているような心地がして、大胆《だいたん》に、身をこちょうのように軽く跳《は》ね上げて、おもしろく踊っているのでした。

ある夏の日のことでありました。その日も太陽は、早くから上がって、みつばちは花を探《たず》ねて歩き、広場のかなたにそびえる木立は、しょんぼりと静かに、ちょうど脊《せ》の高い人が立っているように、うるんだ空の下に浮《う》き上がって見えました。港の方では、出入りする船の笛の音《おと》が、鈍《にぶ》く聞こえていました。明るい、あめ色の空に、黒い煙《けむり》の跡《あと》がわずかに漂《ただよ》っている。それは、これから、青い、青い波を分けて、遠く出てゆく船があるのでありました。

その日も、二人のまわりには、いつものごとく、人が黒山のように集まっていました。

「こんないい、笛の音《ね》を聞いたことがない」と、一人の男がいいました。

「私《わたし》は、ほうぼう歩いたものだが、こんないい笛の音を聞いたことがなかった。なんだか、この笛の音を聞いていると、忘れてしまった過去のことが、一つ、一つ心の底に浮かび上がって目に見えるような気がする」と、他《た》の一人の男がいいました。

「あれで目があいていたら、どんなかわいい男の子でしょう」と、ある一人の女がいいました。

「私《わたし》は、あんな器量よしの娘を見たことがない」と、他《た》の年をとった、荷物をかついだ旅の女らしい人がいいました。

「あれほどの器量なら、こんなことをしていなくてもよさそうなものだ。あんな美しい娘なら、だれでももらい手があるのに」と、脊の低い男がのびあがって、あちらを見ながら、いっていました。

「きっと、あれには、だれかついているものがあるでしょう。そして、金もうけをしようというのでしょう」

「いいえ、あの娘は、そんな下卑《げび》た子供ではありません。きっと、あの弟のために、こうして苦労をしているのです」と、さっきから黙《だま》って、じっと娘の踊るのを見ていた女の人がいいました。

人々は、思い思いのことをいいました。中には、金を足もとへ投げてやったものもありました。中には、いろいろのことをしゃべりながら、いつか消えるように、銭《ぜに》もやらずに去ってしまったものもありました。

つつがなく、やがて、その日も暮れようとしていました。海の上の空を、いぶし銀のように彩《いろど》って、西に傾いた夕日は赤く見えていました。人々は、おいおいにその広場から立ち去りました。うす青い着物をきた姉は、弟をいたわって、自分たちもそこを去ろうとしたときであります。

一人の見なれない男が、姉の前に進み出ました。

「この町の大尽《だいじん》のお使いでまいったものです。ちょっと大尽がお目にかかってお話したいことがあるからいらっしてくださるように」といいました。

姉は、これまでこんなことをいったものが、幾人《いくにん》もありましたから、またかと思いましたが、その大尽というのは、名の聞こえている大金持ちだけに、娘はすげなく断ることもできないという気がして、少なからず当惑《とうわく》いたしました。

「どんなご用があって、わたしにあいたいと申されるのですか？」と、姉は、その使いの男にたずねました。

「私《わたし》にはわかりません。あなたがいらしてくださればわかることです。けっして、あなたのお身にとって悪いことでないことだけはたしかであります」と、その男は答えました。

「わたしは弟を置いて、どこへもいくことはできません。弟を連れていってもいいのでしょうか？」と、姉はたずねました。

「弟さんのことは、聞いてきませんでした。大尽は、なんでもあなた一人に、お目にかかってお話をしたいようすです。けれどけっして手間を取らせません。あすこへ馬車を持ってきています。それに、日も、まだまったく暮れるには間がありますから……」と、その男はいいました。

姉は、黙って、しばらく考えていましたが、なんと思ったか、

「そんなら、きっと一時間以内に、ここまで帰してくださいますか」と、男に向かってたずねました。

「おそらく、そんなには時間を取らせますまい。どうか、せっかく使いにまいった私の顔をたてて、あの馬車に乗って、一刻も早く大尽の御殿《ごてん》へいらしてください。いまごろ大尽は、あなたの見えるのをお待ちでございます」と、男はいいました。

あちらに、草の上にすわって、手に笛を持っておとなしく、弟は、姉のくるのをまっていました。

姉は、思案に沈《しず》んだ顔つきをして、着物のすそを夕風になぶらせながら弟のそばへ、はだしのまま近寄ってきました。そして、目は見えぬながら微笑《ほほえ》んで、姉を迎《むか》えた、弟に向かって、

「姉さんは、ちょっと用事があっていってくるところがあるのよ。おまえは、どこへもいかずに、ここに待っておくれ、すぐに姉さんは帰ってくるから」と、やさしくいいました。

弟は、盲目の目を、姉の方に向けました。

「姉さんは、もう帰ってこないのではないの。僕《ぼく》は、なんだかそんなような気がするんだもの」といいました。

「なぜ、そんな悲しいことをいうの。姉さんは、一時間とたたないうちに帰ってきてよ」と、姉は、目に涙《なみだ》をためて答えました。

弟は、やっと姉のいうことがわかったとみえて、黙ってうなずきました。

姉は、使いの男につれられて、いかめしい馬車に乗りました。馬車は、ひづめの音を砂地の上にたてて、日暮れ方の空の下をかなたに去りました。

弟は、そのひづめの音が遠く、かすかに、まったく聞こえなくなるまで、草の上にすわって、じっと耳を澄ましていました。

一時間はたち、二時間はたっても、ついに姉は帰ってきませんでした。いつしか、日はまったく暮れてしまって、砂地の上は、しっとりと湿《しめ》り気を含《ふく》み、夜の空の色は、藍《あい》を流したようにこくなって、星の光がきらきらと瞬《また》きました。港の方は、ほんのりとして、人なつかしい明るみを空の色にたたえていたけれど、盲目の弟には、それを望むこともできませんでした。

ただ、おりおり、生温かな風が沖《おき》の方から、闇《やみ》のうちを旅してくるたびに、姉の帰るのを待っている弟の顔に当たりました。弟は、もはやたえられなくなって、泣いていました。そして、姉は、どこへいったろう。もうこれぎり帰ってこなかったらどうしようと心細くなって、涙が流れて止まらなかったのであります。

いつも姉は、自分の吹く笛の音につれて、踊ったと思うと、弟は、もし自分の吹いた笛の音を聞きつけたら、きっと姉は、自分を思い出して帰ってきてくれるにちがいないと思いました。

弟は、熱心に笛を吹き鳴らしました。かつて、こんなに心を入れて、笛を吹いたことはなかったのであります。姉は、この笛の音をどこかで聞きつけるであろう。聞きつけたら、きっと自分を思い出して帰ってきてくれるにちがいない、と、弟は思いました。弟は、それで、熱心に笛を吹き鳴らしました。

ちょうど、ここに一羽の白鳥があって、北の海で自分の子供をなくして、心を傷《いた》めて、南の方へ帰る途中《とちゅう》でありました。

白鳥は黙って、山を越《こ》え、森を越え、河を越えて、青い、青い海を遠く後にして、南の方をさして旅をしていました。白鳥は疲れると流れの辺《ほとり》に降り、翼《つばさ》を休めて、また旅に上りました。かわいい子供をなくして、白鳥は、歌う気にもなれなかったのです。ただ、黙って暗い夜を、星の下を駆けていました。

白鳥は、ふと、悲しい笛の音をききました。それは、普通の人の吹く笛の音色《ねいろ》とは思われない。なんでも胸になやみのあるものが、はじめてこんな笛の音色を出し得ることを白鳥は知りました。白鳥は、子供をなくして、しみじみと悲しみを味わっていましたから、その笛の音色をくみとることができたのです。

白鳥は、その目に見えない細い糸の、切れては、また、つづくような、悲しい音色がどこから聞こえてくるかと翼をゆるやかに刻んで、しばらくは夜の空をまわっていましたが、やがて、広場から起ることを知りました。白鳥は、注意深くその広場に降りたのであります。そして、そこに、一人の少年が草の上にすわって、笛を吹いているのを見ました。

白鳥は、少年に近づきました。

「どうして、こんなところに、たった一人で笛を吹いているのですか」とたずねました。

盲目の少年は、やさしい声で、だれかこうしんせつに聞いてくれましたので、少年は、姉が自分をここに置いて、どこへかいってしまったことをありのままに告げました。

「ほんとうに、かわいそうに。わたしが、姉さんにかわってめんどうを見てあげます。わたしは、子供をなくした白鳥です。これから、あちらの遠い国へ帰ろうと思っています。二人は、南の国へいって、波の穏《おだ》やかな岸辺で笛を吹いたり、踊ったりして送りましょう。わたしは、いまあなたをわたしとおなじ白い鳥の姿にしてあげます。海を越え、山を越えてゆくのですから……」と、白鳥はいいました。

ついに、盲目の少年は、白い鳥となりました。夜のうちに、二羽の白鳥は、このさびしい、暗い広場から飛びたって、ほんのりと明るく、空を染めた港を見下ろしながら、その上を過ぎて、遠くいずこへとなく、消え去ってしまったのであります。後には、空に星が輝《かがや》いていました。大地は黒く湿って、草木《くさき》は音なく眠《ねむ》っていました。

姉は、それから程経《ほどへ》て、大尽の屋敷からもどってきました。思ったより、たいへんに時間がたったので、弟はどうしたろうと心配してきたのであります。けれど、そこには、弟の姿が見えませんでした。どこを探《たず》ねても見えませんでした。星の光が、かすかに地の上を照らしています。そこには、いままで目に入らなかった月見草が、かわいらしい花を開いていました。そして、これもいままで見なかった、姉の青い着物のえりに、宝石が星の光に射られて輝いていました。

明くる日から、姉は、狂人《きちがい》のようになって、すはだしで港の町々を歩いて、弟を探しました。

月の光が、しっとりと絹糸のように、空の下の港の町々の屋根を照らしています。そこの、果物屋には、店頭《みせさき》に、遠くの島から船に積んで送られてきた、果物がならんでいました。それらの果物の上にも、月の光が落ちるときに、果物は、はかない香《かお》りをたてていました。また、酒場《バー》では、いろいろの人々が集まって、唄《うた》をうたったり、酒を飲んだりして笑っていました。その店頭《みせさき》のガラス戸にも、月の光はさしています。また、港にとまっている船の旗の揺《ゆ》れている、ほばしらの上にも月の光は当たっています。波は、昔からの、物憂《ものう》い調子で、浜に寄せては返していました。

姉は、あてもなくそれらの景色をながめ、悲しみに沈みながら、弟をさがしていました。けれど、弟は、どこへいったのかわかりませんでした。

一日、この港に外国から一そうの船が入ってきました。やがて、いろいろなふうをした人々が、港の陸《おか》へうれしそうに上がってきました。なんでも、南の方からきたので、人々の姿は軽やかに、顔は日に焼けて、手には、つるで編んだかごをぶらさげていました。それらの群れの中《うち》に、見なれない、小人《こびと》のように脊の低い、黒んぼが一人混じっていました。

黒んぼは、日当たりの途《みち》を歩いて、あたりを物珍《ものめずら》しそうに、きょろきょろとながめながらやってきますと、ふと、町角のところで、うす青い着物をきた娘《むすめ》に出あいました。娘は黒んぼを、物珍しそうに振《ふ》り返りますと、黒んぼは立ち止まって、不思議そうに、娘の顔を見つめていましたが、やがて近寄ってまいりました。

「あなたは、南の島で、唄をうたっていた娘さんではありませんか。いつ、こちらにこられたのですか。私は、あちらの島をたつ前の日に、あなたを、島で見ましたはずですが」と、黒んぼはいいました。

姉は、不意に問いかけられたのでびっくりして、

「いいえ、わたしは南の島にいたことはありません。それはきっと人違《ひとちが》いです」と答えました。

「いや、人違いでない。まったくあなたでした。水色の着物をきて、盲目の十ばかりになる、男の子が吹《ふ》く笛の調子に合わせて、唄をうたって踊《おど》っていたのは、たしかにあなたです」と、黒んぼは疑い深い目つきで、娘をながめながらいいました。

姉は、これを聞くと、さらにびっくりしました。

「十ばかりの男の子が笛を吹いている？　そして、その子供は盲目なんですか？」

「それは、島でたいした評判でした。娘さんが美しいので、島の王さまが、ある日金《きん》の輿《こし》を持って迎えにこられたけれど、娘は弟がかわいそうだといって、お断りしてゆきませんでした。その島には、白鳥がたくさんすんでいますが、二人が笛を吹いたり、踊ったりしている海岸には、ことにたくさんな白鳥がいて、夕暮れ方の空に舞《ま》っているときは、それはみごとであります」と、黒んぼは答えて、それなら、やはり、この娘は人違いかというような顔つきをしていました。

「ああ、わたしは、どうしたらいいだろう」と、姉は、自分の長い髪《かみ》を両手でもんで悲しみました。

「もう一人、この世の中には、自分というものがあって、その自分は、わたしよりも、もっとしんせつな、もっと善良な自分なのであろう。その自分が、弟を連れていってしまったのだ」と、姉は胸が張り裂《さ》けそうになって、後悔《こうかい》しました。

「その島というのは、どこなんですか。わたしは、どうかしていってみたい」と、姉はいいました。

黒んぼは、このとき、港の方を指さしながら、

「ずっと、幾千里《いくせんり》となく遠いところに、銀色の海があります。それを渡《わた》って陸《おか》に上がり、雪の白く光った、高い山々が重なっている、その山を越えてゆくので、それは、容易にゆけるところでない」と答えました。

このとき、夏の日は暮れかかって、海の上が彩《いろど》られ、空は、昨日《きのう》のように真《ま》っ赤《か》に燃えて見られました。

小さい針の音

ある田舎の小学校に、一人の青年の教師がありました。その青年は、真実に小さな子供たちを教えたのであります。

二年、三年と、青年は、そのさびしい変化のとぼしい田舎《いなか》にいるうちに、いつしか、都へ出て勉強をして、もっと出世をしたいと考えました。それで、ある日のこと、自分の平常《へいぜい》教えていた生徒たちを、自分の前に集めて、

「私《わたし》は、もっと勉強をしたいと思いますから、せっかくみなさんと親しくなって、毎日、この学校へきていっしょに暮らしましたが、お別れをしなければなりません。どうか、みなさんも勉強をして、大きくなって、みんないい人間になってください」といいました。

これを聞いていた子供たちは、目に涙《なみだ》をためて、うなだれていました。みんなは、このしんせつな先生に別れるのを、心から悲しく思ったのであります。

生徒たちは、みんな寄り集まって、先生になにか記念品をさしあげたいということ

を相談しました。なにをあげたらいいだろう？　すると、一人がいいました。みんなは、

「先生は、まだ懐中時計《かいちゅうどけい》を持っていなされない」と、

先生のことは、なんでもよく知っていたからです。なるほど、そうだった。永く私《わたし》たちを記念してもらうために、先生に時計を買ってあげよう、ということになりました。

みんなは、先生にあげるのだといって、喜んで、いくらかずつの金を出し合いました。そして代表された数人が、町へいって、一個の時計を求めてまいりました。生徒らは、代表者が求めてきた時計を一度ずつ、そのかわいらしい小さな手にとってながめました。そして、この時計が長く先生のそばを離《はな》れないと思うと、心からうれしそうに喜びました。

年の若い先生は、みんなからのこの真心のこもった時計をもらって、どんなに喜ばしく思ったでありましょう。厚く礼をいって、彼は、このさびしい、都から遠く離《はな》れた村を、都に向かって、みんなに別れをつげて出発したのでありました。

彼は、都会に出ました。多年教師をしていて、積んでおいた金で、下宿屋の窓の下で勉強をしました。春、夏、秋、冬は、そこでたったのであります。それにつけて、彼は机の上においてあった時計が、たゆまず、休まずに、カチカチと時をきざんでいるのを見ながら、自分のいた、さびしい田舎のことを思い出しました。

「あの子供たちは、大きくなったろう。そして、やはり、あちらに林が見え、こちらに山が見える学校で、毎日勉強をしていることだろう……」と思うと、目の前に、かわいらしい、目のくるくるした顔がいくつも浮《う》かび出てみえたのでありました。

彼は、さながら、それに鼓舞《こぶ》されたように、勉強をつづけました。そして、この社会に出る関門であった、むずかしい試験を受けたのでした。幸いに彼は、それに合格することができたのであります。

こうして彼は、あのさびしい田舎の小学校にいた時分、頭に描《えが》いた希望の半分を達しました。その後《ご》、彼は、ある役所に勤めました。それから、もっといい下宿に移りました。毎日、彼は、朝出かける前に、時計のねじを巻くことを忘れませんでした。彼は、小学校の生徒の贈《おく》った時計は、いつも彼の身体《からだ》からはなれなかったのであります。彼は、前の下宿にいる時分、ある日のこと、ちょっとしたはずみに、時計を落として机の角で、時計の裏側に小さなへこみを作ったのであるが、その後は毎日、ねじを巻くたびに、この傷は、彼の目にとまるのでした。

「惜《お》しいことをしたもんだ」と、はじめは、そのたびごとに、傷痕《きずあと》を指さきで、なでていったのです。しかし、いつ忘れるということもなく、だんだんそのことが気にかからぬようになりました。

数年の後、彼は、いままで勤めていた役所から、ある会社に移りました。しかもいい位置にすわるようになりました。

彼の服装は、いままでとは変わらなければなりませんでした。服装ばかりでなく、いっさいが変わらなければなりませんでした。彼は、旧型の大きな安時計を下げて、会社にいくことを気恥《きは》ずかしく感じました。

「ずいぶん長くこの時計も役にたったものだ。もうしかし、これに暇《ひま》をやってもわるくはあるまい。これほど使えばたくさんというものだ」と、彼は思いました。

彼は、その時計を古道具屋に売りました。そして、小さな新型の時計を求めました。さすがに新しい時計を求めて、時計屋から外に出て、にぎやかな往来を歩いたときは、彼は、昔、自分の教師をしていたあのさびしい田舎の小学校と、そのあたりの景色を思い出して、目に描かずにはいられなかったのでした。

けれど、彼にとって、いま、昔のみすぼらしい自分のことを考えることは、むしろ苦痛でありました。ほんとうに、そのことはくだらない。自らなにも厭世《えんせい》的にならなくともよさそうなものだ。すべて過去というものは、陰気《いんき》なことでうまっていると、彼は思ったのであります。

さらに数年の後には、彼は、会社でもっともはばのきく重役でありました。だれが今日《こんにち》のようすを見るもので、その昔、青年時代を、田舎の小学校で、よれよれになった袴《はかま》をはいて、鼻たらし子供を教えていた、あのみすぼらしいかった姿を想像するものがありましょう。

彼は、大きな、いかめしいいすにふんぞりかえっていました。頭髪《とうはつ》はきれいに分けて、口ひげを短く刈《か》り、金縁《きんぶち》の眼鏡をかけています。そして、最新流行ふうの洋服を着て、プラチナの時計のくさりが、ガラス窓からはいる、灰色の空の光線に鈍《にぶ》い光を反射していました。

彼は、あの大きな旧型の時計を売ってから、その後《ご》いくたび時計を取り換《か》えたでありましょう。

最近まで持っていた金時計は、彼が、ある夜のこと、ねじをすこし強く巻いたかと思うと、ぜんまいが切れてしまいました。さっそく、修繕《しゅうぜん》はさしたものの、もはや、その故障の起こった時計をいつまでも持っている気にはなれなかったのです。

それで、彼は、プラチナの時計にそれを換えたのでありました。高価なプラチナの時計は、いま彼の持っている時計でありますが、やはり完全の機械ではないとみえて、標準時より一日に三分間おくれるのでありました。

彼には、なにより自分が、完全な最良な時計を持たないという不満がありました。

しかし、この時計にかぎって、そんなことはないはずだと思っているので、当座、彼は、社にくると、給仕に気象台へ電話をかけさせて、時間を問い合わせたものです。給仕は、彼の顔を見ると、またかといわぬばかりの目つきをしました。しかし、後になっては、どうしても三分間遅《おく》れるということを確かめると、それでも自分の時計は正確だ、標準時のほうがまちがっているとはいわれなくなって、彼はどうしたら真に正確な時計が得られるかと、茫然《ぼうぜん》いすにもたれながら、べつに自分はすることもないので、そんなことを妄想《もうそう》していたのであります。

ある日、みんなの仕事の休み時間に、彼はポケットから、プラチナの時計を取り出して、どうして遅れるのだろうということを、ため息といっしょにだれに向かっていうとなく、歎《たん》じたのでありました。

これを聞いていた下級の人たちは、口々に合いづちを打って、

「私《わたし》どもの時計は、どうせ安物ですが、七分も進みます」と一人がいうと、また、一人は、

「私《わたし》のは振《ふ》り止《ど》まりがする……」といって、みんなを笑わせました。

「七分ならいいが、僕のは、十分も遅れる」と、あちらでいったものもあります。

このとき、やはり、彼らの中の一人で、

「僕の時計は、感心に正確です」と、いったものがありました。

重役は、プラチナの時計を握《にぎ》ったまま、こういったものの方をながめました。しかし、彼の目は、どこやらに侮蔑《ぶべつ》を含《ふく》んでいました。

（標準時に合わせれば、やはり狂《くる》っているのだ）と、心の中で笑ったからです。

このとき、彼は、それを言葉には表《あらわ》さずに、ものやさしく、

「どれ、君の時計を、ちょっと見せたまえ」といいました。

自分の時計を正確だといった男は、急に、恐縮《きょうしゅく》してしまいました。

「私《わたし》のは、ごく旧式で、大きい型のです」といって、頭をかくと、みんなが声をたてて笑いました。

その男は、べつに、臆《おく》するところなく、自分の時計を重役の前に持っていって、テーブルの上においたのであります。

彼は、男の差し出した時計を手に取ってながめていました。そして、ふいに、裏側のへこみに目を止めると、驚《おどろ》きのためにその顔色は変わったのでした。

しかし、彼のこの微妙《びみょう》な心理の推移を、そばの人々がわかろうはずがありません。ただ、あまり重役が熱心に、つまらない時計を凝視《ぎょうし》しているのを不思議に思ったくらいでありました。

「君、僕のこのプラチナの時計と交換《こうかん》しようじゃないか」と、重役はいいました。

みんなは、重役が冗談《じょうだん》をいうにしては、あまりまじめなので、どうしたことかと一《いち》図《ず》に笑うこともできなかったのです。

「ほんとうに、君、交換してくれないか」と、今度は、重役のほうから頼《たの》むようにいいました。

みんなは、相手の男が、喜んで交換するものと思いました。なかには、一種うらやましそうな目つきをさえして、このようすをながめていたものもあります。

男は、さもその当時のことを思い出すように、しんみりとした調子で、

「この時計は、私にとっては忘れられない記念の品であります。私が労働をしていました時分に、やっとの思いで、露店《ろてん》でこの時計を求めたのでした。その日から、この時計は、今日《きょう》まで苦労を私といっしょにしてきました。私は、この時計を売ったり、交換したりすることはできませんが、あなたが愛してくださるなら、あなたに差しあげます」といって、男は、この時計を重役に進呈《しんてい》しました。重役は、時計に対する奇《き》遇《ぐう》と、この男の話に少なからず感動しましたが、彼は、ただちに、そのことを口に出していうほどの卒直《そっちょく》さをもっていませんでした。彼は、かえって、驚きの色をかくしながら、

「露店で買ったという、この時計は、狂わないかね」と、たずねました。

すると、男は、誇《ほこ》り顔に、重役を見つめて、

「一分も狂いません。おそらく、一秒も狂わないかもしれません。標準時に、毎日、きちんと合っています」と、答えました。

これを聞いて、この会社の中で、不思議に感じなかったものはありませんが、ことに重役は、あの村の子供たちが、自分のために贈ってくれた時計がそんなに正確なものであったかと、真に驚いたのでありました。

彼は、男の進呈した時計をもらって、自分の家へ帰りました。彼は、もしもこれが、昔、自身の持っていた時計でなかったら、けっして、この時計をもらわなかったにちがいありません。

その日、彼は、終日、その時計を前において、じっとながめていました。いままで忘れていた、過去のいろいろのことが、ありありと目に浮かんできました。そして、じっと見ているうちに、この時計の鈍い光の中から、自分の苦学時代がよみがえり、また、あの男の物語った、あの男の過去が幻《まぼろし》となって、目に映るような気がしました。彼は、涙《なみだ》ぐましい気さえされて、眠《ねむ》る時分には、これをまくらもとにおいて、そのカチカチと秒を刻む音を聞きながら、いつになく安らかな眠りにはいったのでした。

彼は、風がすきまから吹《ふ》き込《こ》んで、破れた障子のブウブウと鳴る寒村の小学校の教《きょう》壇《だん》に立っているのでした。彼は、若く、そして、よれよれになった袴をはいています。しかし、熱心に、児童の顔を見守っていました。

「みなさん、大きくなったら、どんな人になろうと思いますか」

彼は、生徒らに向かって、こういう問いを出したのでした。すると、あちらにも、こちらにも、かわいらしい手が上がって、先生！　先生！　と、争って呼ぶ声が聞こえたのでした。彼は、その中の一人を指すと、その子は立って、

「いい人間になります」と、答えた。

彼は、その子供に向かって、

「いい人間って、どんな人ですか？」と、たずねた。その子供は躊躇《ちゅうちょ》なく、りんごのようにほおをほてらして、

「世の中のために働く人になります」と、答えた。

彼は、子供の純情さに、覚えず感動した。同時に、夢から彼はさめたのであります。はね起きて床《とこ》の上にすわりました。そこで、すぐに十数年の昔になった、あの時分のことを思い出したのです。

「ああ、おれは、いままでほんとうに、社会のために、どんなことをしておった

か?」と、こう彼は思った。なお、カチカチいっている時計の音は、しばらくの間、無邪気《むじゃき》な子供らの笑い声に聞こえていました。

島の暮れ方《がた》の話

南方の暖かな島でありました。そこには冬といっても、名ばかりで、いつも花が咲き乱れていました。

ある早春の、黄昏《たそがれ》のことでありました。一人の旅人は、道を急いでいました。このあたりは、はじめてとみえて、右を見たり、左を見たりして、自分のゆく村を探していたのであります。

この旅人は、ここにくるまでには、長い道を歩きました。また、船にも乗らなければなりませんでした。遠い国から、この島に住んでいる、親戚《しんせき》のものをたずねてきたのであります。

旅人は、道ばたに水仙《すいせん》の花が夢のように咲いているのを見ました。また、山に真《ま》っ赤《か》なつばきの花が咲いているのを見ました。そして、そのあたりは野原や、丘《おか》であって、人家というものを見ませんでした。暖かな風は、海の方から吹《ふ》いてきました。その風には、花の香《かお》りが含《ふく》んでいました。そして、日はだんだんと西の山の端《は》に沈《しず》みかけていたのであります。

「もう日が暮れかかるが、どう道をいったら、自分のゆこうとする村に着くだろう」と、旅人は立ち止まって思案しました。

どうか、このあたりに、聞くような家《うち》が、ないかと、また、しばらく、右を見たり、左を見たりして歩いてゆきました。ただ、波の岩に打ち寄せて砕《くだ》ける音が、静かな夕空の下に、かすかに聞こえてくるばかりであります。

このとき、ふと旅人は、あちらに一軒《けん》のわら屋を見つけました。その屋根はとび色がかっていました。彼はその家《いえ》の方に近づいてゆきますと、みすぼらしい家であって、垣根《かきね》などが壊《こわ》れて、手を入れたようすとてありません。彼は、だれが、その家に住んでいるのだろうと思いました。

だんだん近づくと、旅人は、二度びっくりいたしました。それはそれは美しい、いままでに見たことのないような、若い女がその家の門にしょんぼりと立っていたのでした。

女は、長い髪《かみ》を肩《かた》から後ろに垂れていました。歯は細かく清らかで、日は、すきとおるように澄《す》んでいて、唇《くちびる》は花のようにうるわしく、その額の色は白かったのです。

旅人は、どうして、こんな島に、こうした美しい女が住んでいるかと思いました。

またこんな島だからこそ、こうした美しい女が住んでいるのだとも考えました。

旅人は、女の前までいって、

「私《わたし》は、お宮のある村へゆきたいと思うのですが、どの道をいったらいいでしょうか」といって、たずねました。

女は、にこやかに、さびしい笑いを顔にうかべました。

「あなたは、旅のお人ですね」といいました。

「そうです」と、旅人は答えました。

女は、すこしばかり、ためらってみえましたが、

「わたしは、どうせあちらの方までゆきますから、そこまで、ごいっしょにまいりましょう」といいました。

旅人は、「どうぞそうお願いいたします」と頼みました。そして、二人は、道を歩きかけたときに、旅人は、女を振《ふ》り向いて、

「あの家は、あなたのお住まいではないのですか？」とききました。すると、女はやさしい声で、

「いいえ、なんであれがわたしの家《うち》なものですか。今日はわたしの二人の子供たちが、遊びに出て、まだ帰ってきませんから、迎《むか》えに出たのです。すると、あの家《いえ》の壁板《しとみ》に、

去年いなくなった、わたしの妹の着物に似たのがかかっていましたので、ついぼんやりと思案に暮れていたのでございます」と、女は答えました。

旅人は、不思議なことを聞くものだと驚《おどろ》いて、美しい女の横顔をしみじみと見守りました。ちょうど、そのとき、あちらから、

「お母さん！」

「お母さん！」

といって、二人のかわいらしい子供が駆《か》けてきました。女は、喜んで、二人の子供を自分の胸に抱《だ》きました。

「わたしたちは、ここでお別れいたします。あなたは、この道をまっすぐにおゆきなさると、じきにお宮のある村に出ますから」と、女は旅人に道を教えて、花の咲く、細道を二人の女の子といっしょに、さびしい、波の音の聞こえる山のすその方へと指してゆきました。

旅人は、それと反対に山について、だんだん奥《おく》に深く入ってゆきました。山々にはみかんが、まだなっているところもありました。そして、まったく、日が暮れた時分、思った村につくことができたのであります。

その夜、燈火《ともしび》の下で旅人は、親戚の人々に、その日不思議な美しい女を見たこと、

そして、その女はあちらのさびしい、山のすその方へと草道を分けていったことを、話したのであります。

そのとき、親戚の人は、驚いた顔つきをして、

「あんな方には、家がないはずだが」といいました。

旅人は、また、「妹の着物に、よく似た着物が壁板《しとみ》にかかっていた――その妹は、去年行方がわからなくなった――」といった女の言葉を、いぶかしく思わずにはいられませんでした。

翌日、旅人は、親戚の人といっしょに、昨日《きのう》、女がその家の門《かど》に立っていたところまでいってみることにしました。

南の島の気候は、暖かで空はうっとりしていました。そして、みつばちは、花に集まっていました。旅人は、昨日の黄昏方見たわら屋までやってきますと、その家《うち》は、まったくの破れ家《や》で、だれも住んでいませんでした。そして、壁板《しとみ》のところをながめますと、美しいちょうの翼《つばさ》が、大きなくもの巣にかかっていたのでありました。

二度と通らない旅人

さびしいところに、一軒《けん》の家《うち》がありました。

そこは、荒海《あらうみ》に近い、山の中であって、ふもとの村から、海辺へ抜《ぬ》ける、間道《かんどう》になっていたから、夏の時分には、家《うち》の前を通る人がありましたけれど、ようやく秋も末になって、日が短くなり、嶺《みね》や、谷間の木《こ》の葉が、風に吹《ふ》かれて散るころになると、しだいに人足《ひとあし》も絶えてしまったのであります。

ある日の暮れ方、西の空が、気味の悪いほど、黄色かった。いつも、あらしのくる前には、こうした空模様が見られたのです。はたして、夜になると、ひどい風雨になりました。

家《うち》の人々は、戸を閉めて、外のすさまじい風雨の音に耳をすましていました。

「この後は、雪になるだろう……」と、ささやき合いながら、火を焚《た》いて、あたっていました。

おりおり、大きな風が吹くと、家《いえ》をこのまま持っていって、深い谷底へ投げ込《こ》みはしないかとさえ思われたのです。

「ああ、苦しい、のどが渇《かわ》いたから、水をおくれ」と、あちらのへやでねている娘《むすめ》がいいました。

母親は、その方を向いて、心配そうな顔つきをしています。父親と、兄は、それを聞いても、聞かぬふりをして、火の前にすわって、話をしていました。

「お母さん……水をおくれよ」と、またねている娘がいいました。

「そう水ばかり飲んでは、よくないから、すこし我慢《がまん》をしろよ」と、母親が、答えたのです。

父親も兄も、困ったものだというような顔つきをしていました。

「ああ、苦しい。兄さん、水を持ってきておくれよ」と、病気の娘は、こんど、兄に向かって、頼《たの》んでいたのです。

「水ばかり、飲んでは、だんだん病気が悪くなるばかりだ。いけない、いけない」と、兄は、大きな声でいいました。

娘は、あきらめたものか、しばらく黙《だま》ってしまいました。外のあらしの音は、ますます募《つの》ってきました。そして横ざまに、吹きつける雨風が戸にぶつかる音は、いまにもこの一軒家をたたき壊《こわ》しはしないかと思われたのでした。

ちょうど、このときであります。

「こんばんは、こんばんは……」といって、だれか、戸をたたいたものがありました。

「いま時分、だれだろう……？」と、家の内では顔を見合いました。

なぜなら、こんな山の中へ、いまごろになってたずねてくるようなものは、めったになかったからです。それればかりでなく、その声は、まったく聞き覚えがなかったからでした。

「こんばんは、こんばんは……」といって、だれか、戸をたたきました。

「黙っていたほうがいい。知らぬふりをしていたら、もう寝《ね》たのだと思って、帰ってゆくかもしれない」と、父親が、低い声でいいました。

「そうです。黙っていたほうがいい」と、息子《むすこ》もいいました。

あらしの音は、ますます募るばかりで、すこしもやみませんでした。その合間に、「トン、トン、トン……こんばんは、こんばんは……」という声が聞こえました。

やはり、家の内では、みんなが黙って、寝たふりをしていました。

「だれかきたようだよ。あんなに、戸をたたいているじゃないの……」と、病気でねている娘がいったのです。

「おまえは、だまっているのだよ」と、母親は、まくらもとへいってしかりました。

このとき、戸の外に立っている男は、心から訴《うった》えるように、

「おねがいです……。どうか、戸を開けてください。火を焚いていられますのなら、まだ起きておいでありましょう……。どうか、すこし戸を開けてください」と頼みました。

父親と息子とは、顔を見合いました。

「だれだか知らないが、戸口までいってみたがいい」と、父親はいって、息子は、手に太い棒を持って、二人は、十分用心をしながら、戸口までゆきました。

「だれだか知らないが、いま時分、何用があって戸をたたくんだね」と、怒ったような調子で、父親はいいました。

「まことに、すみません。どうぞ、すこし戸をお開けください」と、戸の外に立っている男は、哀《あわ》れげな声を出して訴えました。

「ばかをいっている。このあらしに、戸が開けられるものか。用があったら、さっさとそこでいったがいい」と、父親はいいました。

息子は、太い棒をしっかりと握《にぎ》って、腕節《うでぶし》に力をいれていました。

「私《わたし》は、旅のものです。海岸から山道をきて、このあらしの中で道を迷ってしまいま

した。それに暗くて、この雨風では、一足も歩むことができません。どうか、その土間のすみでよろしゅうございますから、一晩泊《と》めていただくことはできませんか……」

「だめだ。だめだ。どこのものか、知らないものを家の内へいれて泊めることはできない。もうすこしゆけば村へ降《くだ》る道がある。村へ出て、どこへなりと頼んだがいい」と、父親は、頭から、男の願いをはねつけてしまいました。

男は、戸の外で、深いため息をついていました。しばらくしてから、男は、ふたたび、哀れげな声を出して、

「はじめての道で、すこしも見当がつきません。土間で、よろしいのですが、雨風の当たらぬところへいれてはくださいませんか……」と頼みました。

「くどい！　さっさといってくれ」と、息子が、腕をぶるぶるふるわしていいました。

すると、戸の外に立っている、知らぬ男は、

「しかたがありません。いきます。私は、咽喉《のど》がひじょうにかわいているのですが、一杯《ぱい》、水をいただかしてください。それで、元気をつけて、まいりますから……」といいました。

父親と息子は、顔を見合わしましたが、父親は、頭を振《ふ》りました。そして、大きな

声を出して、

「その水をあげることができんのだ。娘が病気で、水をほしがっている。飲ませば死んでしまうので、水音をさせまいと思って、杓《しゃく》に手をつけることもできんから、せっかくだが、村へいって、飲んでもらいたい」といいました。

その声が、娘の耳にも、はいったとみえて、

「お父さん、咽喉がかわいた、水をおくれよ。ああ、苦しい。水をおくれよ――水は、いくらもあるでしょう。水を、くれいという人におあげよ――」といったのであります。

戸の外に立っている人は、娘のわめいた声を聞いたのであります。

「どんな、病気かしりませんが、ここに、いい薬があります。私はこうして旅をしますので、ゆく先で、名薬を手にいれることができるのです。この薬を分けてあげますから、戸をすこし、開けてください」と、旅の人はいったのでした。

父親と息子は、また顔を見合わせました。

「どうしたら、いいものだろうか……」と、目と目で相談したのです。

このとき、戸の外から、

「けっして、ご迷惑《めいわく》をかけません。この薬をあげたいばかりに、戸をすこし開けてく

ださい」と、旅人はいいました。

村の医者も見放した娘を、さすがに親の情けで、どうかして助けたかったので、父親は、用心をしながら、戸をすこしばかり開けました。旅人は、わずかに、手を出して、丸薬《がんやく》を五、六粒《つぶ》ばかり戸の内側に立っている、父親の掌《て》に渡《わた》したのでした。

このとき、父親は、自分の旅人に対する仕打ちを省《かえり》みて、なんとなく恥《は》ずかしく思った。それで、この旅人を家の内へ入れようかと、心で躊躇《ちゅうちょ》しました。けれど、そのまま旅人の姿は、闇《やみ》のうちに消えてしまったのです。

「お父さん、水だけ、飲ましてやりましょう」と、息子がいうと、父親は、すぐに、家の外へ出てみました。なんといっても、ひどいあらしであって、後を追うことができませんでした。

二人は、火のそばへもどってきました。

「まあ、しんせつの人があったもんだ。泊めてもやらず、水も飲ましてやらないのに、薬をくれてゆくとは、なんというしんせつなんだろう……」と、母親がいいました。

「どんな薬かわかったものでない」と、父親は、旅人がくれた薬を信ずることができなかった。

戸をたたく、風の音と雨の音とは、いつまでも衰《おとろ》えませんでした。

「あの男は、どうしたでしょう。村へ、いまごろは着いたでしょうか？」と、息子は、しばらくしてから思い出したようにいいました。父親も、自分たちが情けなくした人のことを考えると、良心に責められるものか、不快な気がして、だまり込んで、火を見つめていました。

その夜《よ》、娘は、苦しみぬいて、水を欲《ほ》しがっていました。明くる日は、もはや、娘は、それを、訴えるだけの気力もありませんでした。

暴風雨《あらし》の後は、からりと晴れて、いよいよ雪の降りそうな寒さとなりました。谷間の木《こ》の葉はすっかり落ちて、嶺のいただきの空は、青ガラスのようにさえていたのです。

息子は、両親のいいつけで、村へ、医者を迎《むか》えにゆきました。みんなは、病人が急に悪くなったので、昨夜の男のことなどを忘れていました。医者は、さっそくきて病人を見ましたが、もはや、このぶんでは、今日にも、むずかしかろうといいました。そして、医者は、しばらくして帰ってゆきました。

このとき、母親は、昨夜、旅人のくれた、丸薬をやってみたら、どうかといいました。

「もう、こうなれば、なにを飲ましたって、飲まさなくたって同じことだろう」と、父親はいって、盆《ぼん》の上にのせておいた、丸薬を持ってきて、娘に飲ましたのでありました。

旅人のいったことに、偽《いつわ》りは、ありませんでした。その薬は、不思議によくきいたのであります。もう、むずかしいと、医者の見放した娘は、夕暮れ方にあたりを見まわしたり、母親の顔を見て、笑うようになりました。

その翌日は、いっそうよくなりました。そして、日を追うにしたがって、だんだんとよくなっていったのであります。

いつしか、娘は、全快して、もとの体になってしまいました。この話が、村に伝わると、村人は、あらしの夜《よ》のことを思い出した。そして、その夜は、村のだれの家へも、その旅人は、やってこなかったことなどを語り合った。

「きっと、その人は、神さまだ。このごろ、みんなが薄情《はくじょう》になって、神というものを信じないから、神の力をお示しなされたのだ。それだから、いつ何時《なんどき》、あの娘をつれてゆかれるかしれない」といったものもありました。

この不思議なことがあってから、父親は、自分たちの薄情であったことを後悔《こうかい》したのです。そして、どうか、もう一度、いつかの旅人が、ここへたずねてきてくれるように、そうしたら、自分たちは、できるだけのしんせつをしようものをと思いました。

娘は、いつしか、美しい、一人まえの女になりました。村から、お嫁《よめ》にもらい手がたくさんありました。どれにしようかと惑《まど》ったほどです。彼女は、その中のいちばんいいところを選んでゆきました。そして、幸福に送ることができたのです。

娘が、幸福に暮らすのを見るにつけて、すべてが、あの旅人のおかげだと、父親は思いました。娘に生まれた、かわいらしい孫たちが、

「おじいさん、おじいさん」といって、慕《した》ってきます。そうしたしあわせな、境遇《きょうぐう》になるにつけて、父親は、あらしの晩のことを思い出さずにはいられませんでした。

独り、後悔をしたのは、父親ばかりでなかった。息子も、母親も、あの夜《よ》の旅の人に対して冷酷《れいこく》であった自分たちのことを思い出すと、たまらなく恥ずかしくなりました。そして、その顔さえ見ておかなかったことを、いまさら残念に思ったのであります。

「この後《ご》もあることだが、ああした夜《よ》、泊めてくれと頼んだ人があったら、快く泊めてやらなければならぬ」と、一家の人たちは、語り合ったのでした。

それから、幾何《いくばく》、年月《としつき》がたったでありましょう。その間《あいだ》には、風の日もあり、雨の日もあり、雪の日もありました。けれど、ふたたび、このさびしい家へ、泊めてくれいといって、きた人はなかったのです。

黒い人と赤いそり

はるか、北の方の国にあった、不思議な話であります。

ある日のこと、その国の男の人たちが氷の上で、なにか忙《いそが》しそうに働いていました。冬になると、海の上までが一面に氷で張りつめられてしまうのでした。だから、どんなに寒いかということも想像されるでありましょう。

夜になると、地球の北のはてであったから、空までが、頭の上に近く迫《せま》って見えて、星の輝《かがや》きまでが、ほかのところから見るよりは、ずっと光も強く、大きく見えるのでありました。その星の光が寒い晩には凍《こお》って、青い空の下に、幾筋《いくすじ》かの細い銀の棒のように、にじんでいるのが見られたのです。木立は音をたてて凍《い》て割れますし、海の水は、いつのまにか、動かなくとぎすました鉄のように凍ってしまったのであります。

そんなに、寒い国でありましたから、みんなは、黒い獣の毛皮を着て、働いていました。ちょうど、そのとき、海の上は曇《くも》って、あちらは灰色にどんよりとしていました。

するると、たちまち足もとの厚い氷が二つに割れました。こんなことは、めったにあるものでありません。みんなは、たまげた顔つきをして、足もとを見つめていますと、その割れ目は、ますます深く、暗く、見るまに口が大きくなりました。

「あれ！」と、沖《おき》の方に残されていた、三人のものは声をあげましたが、もはやおよびもつかなかったのです。その割れ目は、飛び越《こ》すことも、また、橋を渡《わた》すこともできないほど隔《へだ》たりができて、しかも急流に押《お》し流されるように、沖の方へだんだんと走っていってしまったのであります。

三人は、手を挙げて、声をかぎりに叫《さけ》んで、救いを求めました。陸の方に近い氷の上に立っているおおぜいの人々は、ただ、それを見送るばかりで、どうすることもできませんでした。

たがいにわけのわからぬことをいって、まごまごしているばかりです。そのうちに、三人を乗せた氷は、灰色にかすんだ沖の方へ、ぐんぐんと流されていってしまいました。みんなは、ぼんやりと沖の方を向いているばかりで、どうすることもできません。そのうちに、三人の姿は、ついに見えなくなってしまいました。

あとで、みんな大騒《おおさわ》ぎをしました。氷がとつぜん二つに割れて、しかもそれが、箭《や》を射るように沖の方へ流れていってしまうことは、めったにあるものでない。こんな不思議なことは、見たことがない。それにしても、あの氷といっしょに流されてどこへかいってしまった三人を、どうしたらいいものだろうと話し合いました。

「いまさらどうしようもない。この冬の海に船を出されるものでなし、後を追うこともできないではないか」と、あるものは、絶望しながらいいました。

みんなは、うなずきました。

「ほんとうにしかたがないことだ」といいました。しかし、五人のものだけが頭を振《ふ》りました。

「このまま仲間を、見殺しにすることができるものでない。どんなことをしても、救わなければならない」と、それらの人々はいいました。

すると、おおぜいの中の、あるものは、

「今度のことは、この国があってから、はじめてのことだ。人間業《にんげんわざ》では、どうすることもできないことだ」といったものがあります。

なるほど、そのものがいうとおりだと思ったのでしょう。みんなは、黙《だま》って聞いていました。

「みんながゆかなければ、俺《おれ》たち五人のものが助けにゆく」と、五人は叫びました。

ちょうど、この国には、赤いそりが五つありました。このそりは、なにかことの起こったときに、犬にひかせて、氷の上を走らせるのでした。

夜《よる》の中《うち》に、五人のものは、用意にとりかかりました。食べるものや、着るものや、その他《た》入り用のものをそりの中に積み込《こ》みました。そして、夜《よ》の明けるのを待っていました。その夜《よ》は、いつにない寒い夜《よる》でしたが、夜《よ》が明けはなれると、いつのまにか、海の上には昨日《きのう》のように、一面氷が張りつめて光っていたのです。

五人のものは、それぞれ赤いそりに乗りました。そして、二、三匹《びき》ずつの犬が、一つのそりをひくのでした。

昨日《きのう》行方《ゆくえ》不明になった、三人のものの家族や、たくさんの群衆が、五つの赤いそりが、捜索《そうさく》に出かけるのを見送りました。

「うまく探してきてくれ」と、見送る人々がいいました。

「北のはしの、はしまで探してくる」と、五人の男たちは叫びました。

いよいよ別れを告げて、五つの赤いそりは、氷の上を走り出ました。沖の方を見やると、灰色にかすんでいました。ちょうど、昨日《きのう》と同じような景色であったのです。みんなのものの胸の中《うち》には、いい知れぬ不安がありました。そのうちに、赤いそりは、だんだん沖の方へ小さく、小さくなって、しまいには、赤い点のようになって、いつしか、それすらまったくかすんでしまって、見えなくなったのであります。

「どうか無事に帰ってきてくれればいいが」と、みんなは、口々にいいました。そして、ちりぢりばらばらに、めいめいの家《うち》へ帰ってしまいました。

その日の昼過ぎから、沖の方は暴《あ》れて、ひじょうな吹雪《ふぶき》になりました。夜になると、ますます風が募《つの》って、沖の方にあたって怪《あや》しい海鳴りの音などが聞こえたのでありました。

その明くる日も、また、ひどい吹雪でありました。五つの赤いそりが出発してから、三日めに、やっと空は、からりと明るく晴れました。

三人の行方や、それを救いに出た、五つの赤いそりの消息を気づかって、人々は、みんな海辺に集まりました。もとより海の上は、鏡のように凍って、珍《めずら》しく出た日の光を受けて輝いています。

「ひどい暴《あ》れでしたな」

「それにつけて、あの三人と、五つのそりの人たちは、どうなりましたことでしょうか、しんぱいでなりません」

群衆は、口々にそんなことをいいました。

「五日分の食物《しょくもつ》を用意していったそうです」

「そうすれば、あと二日しかないはずだ」

「それまでに帰ってくるでしょうか」

「なんともいえませんが、神に祈《いの》って待たなければなりません」

みんなは、気づかわしげに、沖の方を見ながらいっていました。

沖の方は、ただ、ぼんやりと氷の上が光っているほか、なんの影《かげ》も見えなかったのです。

とうとう、赤いそりが出てから、五日めになりました。みんなは、今日こそ帰ってくるだろうと、沖の方をながめていました。

その日も、やがて暮れましたけれど、ついに、赤いそりの姿は見えませんでした。

六日めにも、みんなは、海岸に立って、沖の方をながめていました。

「今日は、もどってくるだろう？」

「今日帰ってこないと、五つのそりにも変わりがあったのだぞ」

みんなは、口々にいっていました。

しかし、六日めにも帰ってきませんでした。そして、七日《なのか》めも、八日めも……つイに帰ってきませんでした。

「捜《さが》しにいったがいいものだろうか、どうしたらいいものだろう……」

みんなは、顔を見合っていいました。

「だれが、こんどは捜しにいくか」と、あるものはいいました。

みんなは、たがいに顔を見合いました。けれど、一人として、自分がいくという勇気のあるものはありませんでした。

「くじを引いて決めることにしようか」と、ある男はいいました。

「俺は、怖《おそ》ろしくていやだ」

「俺も、いくのはいやだ」

「…………」

みんなは、後退《あとじさ》りをしました。それでついに、救いに出かけるものはありませんでした。みんなは、口々にこういいました。

「これは災難というものだ。人間業では、どうすることもできないことだ」

彼らは、そういって、あきらめていたのであります。


それから、幾年《いくねん》もたってからです。

ある日のこと、猟師《りょうし》たちが、幾そうかの小舟に乗って沖へ出ていました。真《ま》っ青《さお》な北海の水色は、ちょうど藍《あい》を流したように、冷たくて、美しかったのであります。

磯辺《いそべ》には、岩にぶつかって波がみごとに砕《くだ》けては、水銀の珠《たま》を飛ばすように、散っていました。

猟師たちは唄《うた》をうたいながら、艪《ろ》をこいだり、網《あみ》を投げたりしていますと、急に雲が日の面《おもて》をさえぎったように、太陽の光をかげらしました。

みんなは不思議に思って、顔を上げて、空を見上げようとしますと、真っ青な海のおもてに、三つの黒い人間の影が、ぼんやりと浮《う》かんでいるのが見えたのです。その三つの黒い人間の影には足がありませんでした。

足のあるところは、青い青い海の、うねりうねる波の上になっていて、ただ黒坊主《くろぼうず》のように、三つの影が、ぼんやりと空間に浮かんで見えたのであります。

これを見た、みんなのからだは、急にぞっとして身の毛がよだちました。

「いつか行方のわからなくなった、三人の亡霊《ぼうれい》であろう」と、みんなは、心でべつべつに思いました。

「今日は、いやなものを見た。さあ、まちがいのないうちに陸へ帰ろう」と、みんなはいいました。そして、陸に向かって、急いで舟を返しました。

しかし、不思議なことに、まだ陸に向かって、幾らも舟を返さないうちに、どの舟も、なんの故障がないのに、しぜんと海にのみ込まれるように、音もなく沈《しず》んでしまいました。

つぎの話は、寒い冬の日のことです。海の上は、あいかわらず、銀のように凍っていました。そして、見わたすかぎり、なんの物影も目に止まるものとてはありませんでした。

よく晴れた、寒い日のことで、太陽は、赤く地平線に沈みかかっていました。

このときたちまち、その遠い、寂寥《せきりょう》の地平線にあたって、五つの赤いそりが、同じほどにたがいに隔てをおいて行儀ただしく、しかも速《すみ》やかに、真一文字にかなたを走っていく姿を見ました。

すると、それを見た人々は、だれでも声をあげて驚《おどろ》かぬものはなかったのです。

「あれは、いつか、三人を捜索に出た、五人の乗っていった赤いそりじゃないか」と、それを見た人々はいったのです。

「ああ、この国に、なにか悪いことがなければいいが」と、みんなはいいました。

「あのとき、あの五人のものを救いに、だれもいかなかったじゃないか」

「そして、あの後、なにもお祭りひとつしなかったじゃないか」

みんなは、行方のわからなくなった、仲間に対して、つくさなかったことが悪いと、はじめて後悔《こうかい》しました。

この国にきたひとは、黒い人と赤いそりのはなしを、不思議な事実として、だれでも聞かされるでありましょう。

かたい大きな手

遠く、いなかから、出ていらした、おじいさんがめずらしいので、勇吉《ゆうきち》は、そのそばをはなれませんでした。おじいさんの着物には、北の国の生活が、しみこんでいるように感じられました。それは畑の枯れ草をぬくもらし、また町へつづく、さびしい道を照らした、太陽のにおいであると思うと、かぎりなくなつかしかったのです。

「こちらは、いつも、こんなにいいお天気なのか」と、おじいさんは、聞かれました。

「はい、このごろは、毎日こんなです」と、おかあさんが、答えました。

「あたたかなところで、くらす人は、うらやましい」

おじいさんは、庭のかなたへ、はてしなくひろがる空を見ました。風のない、おだやかな日で、空がむらさきばんでいました。

「おかあさん、さっき、金魚売りがきた」

「そうかい、戦争中は、金魚売りもこなかったね」

「故郷《くに》は、まだこんなわけにはいかない」と、おじいさんは、なにか考えていられました。

「もうすこし、近ければ、ときどきいらっしゃれるんですが」

「こちらへくると、もう、帰りたくなくなる」と、おじいさんは笑われました。

勇吉は、おじいさんの顔を見て、

「おじいさん、いなかと、こっちとどちらがいいの」と、聞きました。

「それは、こっちがいいさ。半日汽車に乗れば、こうも気候が、ちがうものかとおどろくよ」

「そんなら、おじいさん、こっちへ越《こ》していらっしゃい」

「もうちっと、年でも若ければ」

「お年よりですから、なおのこと、そうしてくだされればいいんですが」と、おかあさんがいいました。

「ねえ、おじいさん、そうなさいよ」と、勇吉は、おじいさんのからだにすがりつきました。

「まあ、よく考えてみてから」と、おじいさんは、しわのよった、大きな手で、勇吉のいがぐり頭を、くるくるとなでられました。

「おじいさん、お湯へいらっしゃいませんか。勇ちゃん、おともをなさい」と、このとき、おかあさんが、台所から、出てきて、いいました。

こう聞くと、おじいさんも、その気になられたのでしょう。

「そうしようか、どれ、はおりを出しておくれ」

立ちあがって、みなりをなおしました。

「おはおりなんか、きていらっしゃらないほうがいいですよ」

「晩がたになると、冷えはしないか」

「そうですか」

やがて、おじいさんと、勇吉の二人は、家を出ました。おじいさんは、はおりをきて、白たびをはかれました。途中《とちゅう》、近所の人々が、そのうしろすがたを見送っていました。いなかからの、お客さんだろうと思って、見るにちがいないと、勇吉はなんとなく気はずかしかったのでした。

道の両がわに、家が建っていました。それらの中には、店屋がまじっていました。そして、ところどころあるあき地は畑となって、麦や、ねぎが、青々としげっていました。おじいさんは、立ちどまって、それを見ながら、なにか感心したように山の中で、ひとりごとをしていました。それから、すこし歩くと、また立ちどまって、たもとをいじっていました。勇吉には、あまり、そのようすが、おかしかったので、

「どうしたの、なにか落としたんですか」と、そばへいって聞きました。

「湯銭《ゆせん》をなくすと、たいへんだからな」と、おじいさんは、いいました。

「なあんだ、そんなことなの」

勇吉は、口まで出たことばをのみこんで、やはり、おじいさんは、いなかものだな、と思いました。

「おじいさん、お金を落としたって、入れてくれるよ」

「なんで、湯銭なしに、はいれるものか」

おじいさんは、まじめになって、いいました。

「わけをいえば、かしてくれるだろう」

「ばかっ」と、おじいさんは、きゅうにむずかしい顔をして、おこりました。なにも、しかられる理由は、ないと思ったけれど、それきり、勇吉は、だまってしまいました。

二人は、西日のさす、かわいて、白くなった往来をいきました。ほどなく、あちらの水色の空へ、えんとつから、黒い煙《けむり》が、もくら、もくらと、のぼるのが見えました。

「おじいさん、まだ、お湯屋は、あいていませんよ」と、勇吉は、立ちどまりました。

「どうしてか」

おじいさんもいっしょに立ちどまって、そちらを見たが、とつぜん、

「あれは、なにか」と、さもびっくりしたような、顔をしました。道の上に、手ぬぐいをかぶった、ひげつらの男と、大きな洗面器をかかえたものと、かたちんばのげたをはいた子どもなど、ひとりとして、まんぞくのふうをしない、人たちが集まっていました。それはちょうど、ルンペンどもが、通行人を待ちぶせしているようにも見えるからです。おじいさんが、おどろくのも、むりはありませんでした。

「なんでもないんだよ。戸のあくのを待っているのだ」と、勇吉は、説明しました。しかし、おじいさんには、どうしても、のみこめませんでした。

「勇ぼうや、帰ろう。おまえは、あとでおかあさんといっしょにおいで」

こういって、おじいさんは、いまきた道をもどりかけました。勇吉も、しかたなく、その後からしたがいました。

夜になると、家じゅうのものが、火鉢《ひばち》のまわりへよって、たのしく話をしました。

「おじいさんが、こうして、いつも家にいられると、にぎやかで、いいんだがなあ」と、おとうさんが、しみじみと、いわれました。

「ほんとうに、そうですよ」と、おかあさんも、いいました。

こう、みんなが、いっても、おじいさんは、そうするとは、いわずに、ただ、笑っていられました。

その話のきれたころ、おじいさんは、思いだしたように、さっき湯屋の前に、ものすごい人たちが立っていた話をなさると、みんなが、笑いだしました。

「そうでしょうな、はじめて、ごらんになっては」と、おとうさんは、うなずきました。

「おじいさん、このごろは、風儀《ふうぎ》がわるくなりまして、着物や、げたや、せっけんまで、とられるので、だれも、いいふうなどして、お湯へいくものは、ございません」と、おかあさんは、わけを話しました。

「その話を、勇ぼうからも聞いたが、なにしろ、おどろいた」と、おじいさんも、大きな声で、笑われました。

「夏時分は、自分の家から、はだかになって、さるまた一つで、いく人も、あります」

「そんなに、気をつかうのでは、湯にも、らくらくはいれまいが」

「そうなんです。それに、こみあいますし、まったく、湯にいくのもらくではありません。おじいさん、いなかはどんなですか」と、おとうさんが、聞きました。

「いなかは、まだそんなでない。昔とちがい、だいぶ暮らしむきが、きゅうくつにはなったが、湯へいって、着物をぬすまれたということは聞かない。村でも、よくよく困ったものには、自分たちのものを、分けてやるぐらいの義理や、人情が残っているからな」と、おじいさんは、答えました。

子どもながら、勇吉は、この話に、感心しました。

「ねえ、おかあさん、おあしを忘れていっても、お湯に入れてくれますね」と、勇吉が、口をだしました。

「さあ、このごろは、どうですか」

「なんで、入《い》れるものか」と、おじいさんは、反対しました。

「それで、おじいさんは、お金を落としたら、たいへんと思って、たもとをにぎったり、おさえたりしたの」

勇吉は、さっきのことを思うと、おかしかったのでした。おじいさんが子どものようなまねをした、そのときのことがわかるように、

「は、は、は」と、おとうさんまで笑いました。

「よく知った人なら、入《い》れるかもしれませんけれど、お湯などへ、おあしを持たずに、いく人はありません」と、おかあさんは、おじいさんの意見に、賛成でした。

おじいさんは、なにか、ほかのことを考えていたとみえて、

「いなかに、じっとしていれば、心配なしだが、一足旅へ出れば、金よりたよりにな

るものはない。万事が金の世の中だけ、金のありがたみもわかるが、また、金がおそろしくもなる。金がなくても、安心して、暮らせるみちはないかと思うよ」と、おじいさんは、嘆息《たんそく》しました。

「まったく、おじいさんの、おっしゃるとおりです。金が、あるために、貧乏人《びんぼうにん》をつくり、また、貧乏が、人間を卑屈《ひくつ》にするのです」と、おとうさんがいいました。

「お金なんか、世の中から、なくしてしまえばいいんだね」と、勇吉がいいました。

「まだ、おまえには、そんなことわかりません。だまって、聞いていらっしゃい」と、おかあさんは、勇吉をしかりました。

「そうだ、馬も牛も、にわとりも、私《わたし》を待っている。早く帰らなければ」

こうおじいさんは、ひとりごとをしてから、話は、またお金のことにもどりました。

「わしが、はじめて、東京へきたとき、夜おそく電車に乗ったことがある。雨の降る暗い晩で、その車には、あまり人が乗っていなかった。そのうち、車掌《しゃしょう》が、切符《きっぷ》を切りにきて、一人の男の前で、なにかあらあらしくいっていたが、その男を、途中からおろしてしまった。みすぼらしいふうをして、かさも持っていなかったが、聞いてみると、一銭不足のためというのだった。もっとも、あのころだけれど」

ふけると、さすがに冷えて、おじいさんが、くしゃみをなさったので話を打ち切っ

て、みんなも、寝《ね》ることにしました。いつになく、おそくまで、起きていた、勇吉が、

「おじいさんは、やっぱり、いなかのほうが、いいんでしょう」というと、

「勇ぼうは、いなかへきて、おじいさんの家の子にならんか」と、しわのよった、かたい、大きな手で、頭をなでられました。

勇吉は、かつて、知らなかった、あたたかな、強い力を感じました。それがいつまでも、頭に残ったのでした。

解説

坪田譲治

まず先生の人柄《ひとがら》と言いますか、その気質を言いますと、大変気短《きみじか》な人です。昔、先生を訪ねると、よく、神楽坂《かぐらざか》のヤマニバーなんてところや、その他小料理屋なんかにつれて行かれました。今の屋台店のようなところですが、先生の酒は早くて、サッサと料理を注文し、サッサとお酒をのんで、

「坪田君、行こうかね」

というような調子でした。

またよく岩野泡鳴《いわのほうめい》などと将棋《しょうぎ》をさされるのを見たことがありましたが、これまた大変早い将棋で、見る間に勝負がついてしまいます。先生はあっさりもして居られるのですが、短気なタチでもあるようです。だから、先生の嫌《きら》いな人を評される時など、「あいつは悪い奴《やつ》」とか、或《あるい》は「あれはヒドイ男」なんてことは聞いたことがないようです、大抵《たいてい》の場合「うるさい男でねえ」というのが、大《おお》に気にくわぬ人のようであ

りました。つまり、人と人との関係でも、永びいたり、うるさかったりするのは、先生は大嫌いなワケなんです。

また先生から、こんな話を聞いたことがありました。

「君、宇宙というものを考えたことがありますか。つまり空の星を見て、それが何万光年という遠距離《えんきょり》にあるということですが、それを考えると、頭がこうクルクル回って、気が狂《くる》うような気がすることがある」

それから、またこのような短気から来るワケと思いますが、先生は好きだと来たら矢も楯《たて》もたまらぬように大好きで、嫌いと来たら、これも矢も楯もない大嫌いとなられる性であるようです。即《すなわ》ち、先生は元来、壺《つぼ》と盆栽《ぼんさい》が好きなのですが、どこかで、気に入った壺でも見られると、もう一刻も猶予《ゆうよ》出来ず、ものを売ってでも、それを手に入れられる始末です。ところが、それがまた飽《あ》きられる時もあり、飽いたということになると、目の前にあるのは素《もと》より、家の中にあっても気に入らず、たとい高価で、そして入手に随分《ずいぶん》骨を折られたものでも、人にやるか、骨董屋《こっとうや》へ渡《わた》してしまわれるという始末であります。昔、私もそんな訳からでしょうか、壺と盆栽を戴《いただ》いたことがあります。

*

先生のこのような性質を本《もと》にして、先生の童話について、考えて見たいと思います。まず、先生の童話はみんな短篇です。これは一方には吾国《わがくに》の童話発表の舞台が雑誌であることにも原因がありますが、そうでなくても、先生は長篇に向かない気質のように思われます。

然《しか》し短篇であるということには、色々の長所があります。元来、童話というものは詩に近いものであります。散文詩の一つとも思われるものであります。詩というものはギリシャ時代の叙事詩《じょじし》は別として、作者の感情を歌ったものは、そう長いものはありません。それはナゼでしょうか。詩作するためには、作者の心が大変高熱で燃えなければなりません。その高熱に作者の心が久しく耐《た》えることは出来ないものと思われます。

次に、詩人の歌と内容というものは、そんなに長い長い叙述を以《もっ》てすべきものではないように思われます。短兵急《たんぺいきゅう》に、というのか、簡潔な十行か、二十行で、しかも深い長い、或は高く大きな気持を歌いあげてしまわなければなりません。それでこそ、読み返し、くり返しする反芻《はんすう》に耐える、つきざる味の作品が結晶《けっしょう》する訳であります。

この二つは小川先生の童話に於《お》いても、同じように見ることが出来ます。

*

先生の童話を読まれた人でないと、このような文字も、唯《た》だ紙上に描《か》いたセチのようなものです。とにかく、現代日本第一の未明童話をお読みになって下さい。

ところでこれらの作品を読まれて、どうお考えでありましょうか。まず言えることは、吾国にも外国にも、これに似た作品がないということです。つまり先生の童話は独特のものであって、誰《だれ》の指導を受けたとか、誰の影響《えいきょう》を受けたとかいうものではありません。

それからまた、これらの作品は永い習練の後に作られたというものでもありません。斧鉞《ふえつ》の跡《あと》をとどめずというのはこのことであります。天成の作品なのであります。だから、他人がこの真似《まね》をしようとしても出来ないものであります。先生自身にしても、似たような話とか、或は形によって、筋によって、一つのグループにまとめられるような作品は一つもありません。八百からの話が一つ一つ千姿《せんし》万態《ばんたい》です。これを意識して作るぶんになったら、とても出来るものではありません。

天才ということばは、シックリしませんが、つまり先生の作品は自然に生まれ出たもので、技巧や思索をもって到達されたものではありません。全然努力なくして出来上ったかというと、決してそうではありません。昔、先生から聞いた言葉があります。「僕はいつでも初めて作品を書くような気がする。二十年も書いて来て、まだ何かを習得したという気がしない」

また、先生の別の言葉を本の扉《とびら》で読んだことがあります。

「感激にもとづく行動は詩であり、感激によって生まれる詩は行動である」

この後の言葉は、如何《いか》に先生が感激を重んじて居られるかを示すものであり、前の言葉を解くカギのように思われるのであります。素より作家というものは、誰でも何かの感激によって創作するものであります。然し先生のように、この感激一つを母体としている作家は、現代に於ては珍《めずら》しいのであります。

しかもこの感激は近代的な一つの思想とか、又《また》は現代思潮の一イデオロギイなどというものを含《ふく》まず――というと、これは大変古風な、或はプリミチブなものと誤解されそうですが、決してそうではありません。プリミチブなというより、それは子供の心のように自然で、清潔で、単純健康なものであります。それだけに、もし人類の意志とか、宇宙の生命とかいうものがあるとすれば、それに通ずるものであります。

ところで、この感激でありますが、これは例えば溶鉱炉《ようこうろ》の火の如《ごと》く、非常な高熱でなければなりません。そこで人生というものが溶《と》かされ、分析《ぶんせき》されて、金《きん》のような作品が生まれ出るのであります。つまりこの火のような感激が、未明童話の結晶する母胎《ぼたい》なのであります。

私は未明童話の美しさを虹《にじ》のそれにたとえたことがありました。また花火のそれに比べたこともありました。虹は、雨、風、雷《かみなり》の後、晴れた青空に浮かび出るものであり、花火は激しい火薬のバクハツをもって、空に打ち上げられ、それがまた空の上でバクハツして、美しい花と開くのであります。生まれ出る時のその激しさと、それが空にとどまる時の短さと、その短さのためにいや増すその美しさと、これは未明童話のそれに比すべきもののように思われたからであります。

＊

然し先生のこの感激とはいったい何でしょうか。先生は何に感激するのでしょうか。如何に感激するのでしょうか。これについて考えて見たいと思います。

童話は愛情の文学であると、私は言ったり、書いたりしているのでありますが、児童に対する愛情なくては書けるものではありません。大体、文学というものが、人間に対する、或は自然や人生に対する愛情に基づくものであります。従って、人間の感激と言えば、色々あるにしても、凡《すべ》てこの愛情から発するものであります。未明先生の感激にしても、やはりそうであります。根本は愛情であります。だから、その児童愛によって、児童に代って訴《うった》えるというのであります。児童の心を心として、その悲しみ、その喜び、その楽しみ、その怒《いか》り、そういうものを描いて、それを世に訴える次第であります。

そう言うと、これはリアリズムの文学のように、或はヒュウマニズムの文学のように思われます。然しそうではありません。先生の文学を名前をつければ、ロマンチシズムと言うのではないかと思います。子供の喜怒哀楽《きどあいらく》がそのままの姿として現われず、それは夢のように美しい形をとって現われているところ、どうしても、ロマンチシズムと考えないでは居れません。

愛情によって、児童に代って、その喜怒哀楽を描いて、これを世に訴える——と、こう童話を定義して見たところ、この童話なり、文学なりにある美しさを説明し、解明したことにはならないようです。しかも文学と言い、童話というものは、その美しさに本領があるのです。これをどう説明したらいいでしょうか。そして未明童話の本領、本質も、その美しさにあるので、どうしても、それを解釈《かいしゃく》して見ずにはおけません。

愛情を以て見れば、凡《すべ》てのもの、みなそれぞれに美しい——のではないでしょうか。人間も自然も、人間の醜《みにく》いところも、自然の平凡《へいぼん》なところも、それからまた人生の悲しいことも、不幸なことも、凡て愛情によって清められ、美しさとなって表現されて来るのではないでしょうか、と言って、人間の罪悪を美しく描き出すというのではありません。罪と悪と醜《しゅう》とを背景として、善と正と美を一層輝《かがや》いたものにするという訳であります。悪と闘《たたか》ってこそ、たとえ破れたとしても、正義の美しさがあるのであります。いや、そのような場合、人間は破れても、正義は破れずということになり、正義の光をいやます次第であります。

この児童に対する愛、人間と自然に対する愛情。人生と正義に対するそれ、それが非常な高熱で燃えさかる時が、小川先生の創作に対する情熱、感激ということになると思われます。そしてそれがこの世のものとも思われないほど美しい幻想《げんそう》となり、また夢のようなお話ともなって、描き出されるのであります。

だが、こんなことを言っても、一度も先生の童話を読んだことのない人には、全く無意味なことで、重ねて申し上げておきます。とにかく、未明童話を読まれ、その美しさを感銘《かんめい》して来て下さい。

*

童話は文学でしょうか。こんなことを考えている人があるかと思って、これについて一言書いて見たいと思います。

こんな質問をする人は、童話を玩具《おもちゃ》同様に考えているとしか思えません。そういう人は、或は小児科のお医者さんはオトナの、即ち内科なんかのお医者さんより低級な専門家と思っているかも知れません。だが、中国シナのことは知りませんが、アンデルセンを出したデンマークや、グリムの生まれたドイツや、またロビンソン・クルーソーの出たイギリスなどでは、そんなことを考えてる人はインテリの中にはいないと思います。フランスだって、ロシヤだって、アメリカだって同様です。というのは、みな次の時代を嗣《つ》ぐ児童のための文化を非常に真面目《まじめ》に考えているからです。そして、その真面目な考え方からですか、童話作家に偉《えら》い人が、世界的に偉大《いだい》な人が、それぞれの国から生まれて居ります。吾国からは今まで、小川先生がその童話を完成した、今から二十年前くらいまでは、そんな人はまずいなかった訳であります。だから、吾国は児童文化を軽視していたのか。それとも、その軽視のために、児童文学の傑作《けっさく》が生まれなかったのか。どちらとも言えるでしょうが、とにかく、ここに小川未明先生という人が現われ、文学としての童話を完成した訳であります。

これは児童文化にとって、まさに歴史的なことで、永く記録されなければなりません。これは例えば、その昔、遊戯《ゆうぎ》のように見られていた俳句を、あのように厳粛《げんしゅく》な文学の一つとして完成した松尾芭蕉《まつおばしょう》、この人に比すべき偉業であったと言わなければなりません。これによって、今後、吾国の児童文化はインテリの大きな関心を呼び、飛《ひ》躍《やく》的な進歩を見るでありましょう。今度、芸術院賞が先生の全集にきまったのも、その一つの現われで、吾国の児童のために慶《けい》すべきことであります。

然しまだまだ童話となると、オトナの小説ほど、インテリが敬意を表せず、重くも見ていない感じがあって、私たち童話作家はフンマンに堪《た》えない次第であります。これが改められない限り、吾国の文化は外国に追いつくことが出来ません。児童文化の軽視というものは、民族の将来を軽視すると同様で、無考《むかんが》えも甚《はなは》だしいものであります。このような民族にいい将来がある筈《はず》のものではありません。寒心《かんしん》に堪《た》えずと言っても過言ではありません。恐《おそ》らくこのままで行ったら、吾国、日本民族は亡《ほろ》びるかも知れません。

私がここに小川先生の童話を斯様《かよう》に高い声で叫《さけ》ぶようなことをするのも、児童文化に関心をもてと、世の人々に言い知らせたいためであります。

考えて見ると、今迄《いままで》書いて来たことは、少し一方的な感じが致します。そこで、終りに先生の作品を概観《がいかん》して、一方的なものを補正したいと思います。

＊

さて、おおまかな言い方をしますと、先生の作品は空想的なのであります。空想の面白さ、美しさ、その色どりの多いこと、これをロマンチックというのは、最適の言葉のように思われます。尤《もっと》も、それは先生の童話が出発点に於てそうなのでして、明治四十三年、「赤い船」が出た頃のことであります。それから四十年たった現在では、先生の作風はリアリズムに変っているのであります。この四十年の先生の作風の変化を私は四つに分けて居ります。

第一はロマンチックな形の中に、詩情のこめられたもの。これを、この作品集の中で見ますと、

月とあざらし
大きなかに
島の暮れ方の話
月夜と眼鏡

金の輪
港に着いた黒んぼ
などであります。
第二は、同じロマンチックでありながら、中にヒュウマニズム精神の燃えているものであります。
赤いろうそくと人魚
二度と通らない旅人
黒い人と赤いそり
牛女
負傷した線路と月
これらが、その作品であります。然し第一の作風と、第二の作風との間に、そんなにハッキリした変わりはなく、どちらかと言えば、これが特徴《とくちょう》だという程度でありま す。だから第一のものでも、「月とあざらし」や、「港に着いた黒んぼ」などは、先生が子供に寄する愛情が痛いほどに出ていると思われるものであります。それだけに、これを第二の中に入れてもいいものであります。
第三は、ロマンチックな作風が次第《しだい》にリアリズムに移行する途上《とじょう》に於て、今迄《いままで》は単純であり、観念的であったヒュウマニズム精神が、時代、社会、文明というようなものの批判に向けられているものであります。こう言うと、童話として、それは困難な仕事であり、また、そのような童話が子供に喜ばれるかと思う人もあるかも知れません。然し、この本の中の、

野ばら
ある夜の星たちの話
眠い町
雪くる前の高原の話
飴チョコの天使
兄弟のやまばと
遠くで鳴る雷
百姓の夢

などを読んで見て下さい。それがどんなに立派に仕上げられ、これだからこそ、この人が現代童話の第一人者であるということが解《わか》るのであります。

第四は、リアリズムであります。スッカリと、ロマンチックの作風を脱《だつ》して、先生はここに、吾国今日の現実を描いて居ります。現実の子供の姿を描いて居ります。そ

の中に素より子供と人生に対する哀傷がこもり、リアリズムであるだけに尽《つ》きない味があるのであります。それら六つの作品を次にあげておきます。

しいの実
とうげの茶屋
小さい針の音
かたい大きな手
千代紙の春
殿さまの茶わん

（昭和二十六年十一月、作家）

表記について

新潮文庫の文字表記については、原文を尊重するという見地に立ち、次のように方針を定めました。

一、旧仮名づかいで書かれた口語文の作品は、新仮名づかいに改める。
二、文語文の作品は旧仮名づかいのままとする。
三、旧字体で書かれているものは、原則として新字体に改める。
四、難読と思われる語には振仮名をつける。

なお本作品中、今日の観点からみると差別的ととられかねない表現が散見しますが、作品自体のもつ文学性ならびに芸術性、また著者がすでに故人であるという事情に鑑み、原文どおりとしました。

（新潮文庫編集部）

芥川龍之介著

羅生門・鼻

王朝の説話物語にあらわれる人間の心理に、近代的解釈を試みることによって己れのテーマを生かそうとした〝王朝もの〟第一集。

芥川龍之介著

蜘蛛《くも》の糸・杜子春《とししゅん》

地獄におちた男がやっとつかんだ一条の救いの糸をエゴイズムのために失ってしまう「蜘蛛の糸」、平凡な幸福を讃えた「杜子春」等10編。

芥川龍之介著

河童・或阿呆《あるあほう》の一生

珍妙な河童社会を通して自身の問題を切実にさらした「河童」、自らの芸術と生涯を凝縮した「或阿呆の一生」等、最晩年の傑作6編。

阿刀田　高著

ギリシア神話を知っていますか

この一冊で、あなたはギリシア神話通になれる！　多種多様な物語の中から著名なエピソードを解説した、楽しくユニークな教養書。

阿刀田　高著

シェイクスピアを楽しむために

読まずに分る〈アトーダ式〉古典解説シリーズ第七弾。今回は『ハムレット』『リア王』などシェイクスピアの11作品を取り上げる。

阿刀田　高著

源氏物語を知っていますか

原稿用紙二千四百枚以上、古典の中の古典。あの超大河小説『源氏物語』が読まずにわかる！　国民必読の「知っていますか」シリーズで。

井伏鱒二著
荻窪風土記
時世の大きなうねりの中に、荻窪の風土と市井の変遷を捉え、土地っ子や文学仲間との交遊を綴る。半生の思いをこめた自伝的長編。

井伏鱒二著
山《さん》椒《しょう》魚《うお》
大きくなりすぎて岩屋の棲家から永久に外へ出られなくなった山椒魚の狼狽をユーモア漂う筆で描く処女作「山椒魚」など初期作品12編。

井伏鱒二著
黒い雨
野間文芸賞受賞
一瞬の閃光に街は焼けくずれ、放射能の雨の中を人々はさまよい歩く……罪なき広島市民が負った原爆の悲劇の実相を精緻に描く名作。

井上靖著
あすなろ物語
あすは檜になろうと念願しながら、永遠に檜にはなれない〝あすなろ〟の木に託して、幼年期から壮年までの感受性の劇を謳った長編。

井上靖著
しろばんば
野草の匂いと陽光のみなぎる、伊豆湯ヶ島の自然のなかで幼い魂はいかに成長していったか。著者自身の少年時代を描いた自伝小説。

井上靖著
夏《なつ》草《ぐさ》冬《ふゆ》濤《なみ》（上・下）
両親と離れて暮す洪作が友達や上級生との友情の中で明るく成長する青春の姿を体験をもとに描く、『しろばんば』につづく自伝的長編。

井上ひさし著
吉里吉里人（上・中・下）
日本SF大賞・読売文学賞受賞
東北の一寒村が突如日本から分離独立した。大国日本の問題を鋭く撃つおかしくも感動的な新国家を言葉の魅力を満載して描く大作。

井上ひさし著
下駄の上の卵
敗戦直後の日本。軟式野球ボールを求めて、山形から闇米抱え密かに東京へと向かう少年たちのひと夏の大冒険を描いた、永遠の名作。

井上ひさし著
新釈遠野物語
遠野山中に住まう犬伏老人が語ってきかせた、腹の皮がよじれるほど奇天烈なホラ話……。名著『遠野物語』にいどむ、現代の怪異譚。

柳田国男著
遠野物語
日本民俗学のメッカ遠野地方に伝わる民間伝承、異聞怪談を採集整理し、流麗な文体で綴る。著者の愛と情熱あふれる民俗洞察の名著。

内田百閒著
百鬼園随筆
昭和の随筆ブームの先駆けとなった内田百閒の代表作。軽妙洒脱な味わいを持つ古典的名著が、読やすい新字新かな遣いで登場！

内田百閒著
第一阿房列車
「なんにも用事がないけれど、汽車に乗って大阪へ行って来ようと思う」。借金をして一等車に乗った百閒先生と弟子の珍道中。

江國香織著
こうばしい日々
坪田譲治文学賞受賞

恋に遊びに、ぼくはけっこう忙しい。11歳の男の子の日常を綴った表題作など、ピュアで素敵なボーイズ&ガールズを描く中編二編。

江國香織著
神様のボート

消えたパパを待って、あたしとママはずっと旅がらす…。恋愛の静かな狂気に囚われた母と、その傍らで成長していく娘の遥かな物語。

木下順二著
夕鶴・彦市ばなし
毎日演劇賞受賞

人の心の真実を求めて女人に化身した鶴の悲しい愛と失意の嘆きを抒情豊かに描く「夕鶴」ほか、日本民話に取材した香り高い作品集。

北　杜夫著
どくとるマンボウ　昆虫記

虫に関する思い出や伝説や空想を自然の観察を織りまぜて語り、美醜さまざまの虫と人間が同居する地球の豊かさを味わえるエッセイ。

北　杜夫著
どくとるマンボウ　航海記

のどかな笑いをふりまきながら、青い空の下を小さな船に乗って海外旅行に出かけたどくとるマンボウ。独自の観察眼でつづる旅行記。

北　杜夫著
どくとるマンボウ　青春記

爆笑を呼ぶユーモア、心にしみる抒情。マンボウ氏のバンカラとカンゲキの旧制高校生活が甦る、永遠の輝きを放つ若き日の記録。

武者小路実篤著
友情
あつい友情で結ばれていた脚本家野島と新進作家大宮は、同時に一人の女を愛してしまった——青春期の友情と恋愛の相剋を描く名作。

下村湖人著
次郎物語（上・中・下）
生後すぐ里子に出されたことが次郎を変えた。孤独に苦しみ、愛に飢えた青年が自力で切り拓いていく人生を、自伝風に描く大河小説。

住井すゑ著
橋のない川（一〜七）
故なき差別に苦しみながら、愛を失わず真摯に生きようとする人々の闘いを、明治末から大正の温雅な大和盆地を舞台に描く大河小説。

瀬戸内寂聴著
夏の終り
女流文学賞受賞
妻子ある男との生活に疲れ果て、年下の男との激しい愛欲にも充たされぬ女……女の業を新鮮な感覚と大胆な手法で描き出す連作5編。

妹尾河童著
河童が覗いたヨーロッパ
あらゆることを興味の対象にして、一年間で歩いた国は22カ国。泊った部屋は115室。旺盛な好奇心で覗いた〝手描き〟のヨーロッパ〟

清　邦彦編著
女子中学生の小さな大発見
疑問と感動こそが「理科」のはじまり——現役女子中学生が、身の周りで見つけた「不思議」をぎっしり詰め込んだ、仰天レポート集。

太宰治著

きりぎりす

著者の最も得意とする、女性の告白体小説の手法を駆使して、破局を迎えた画家夫婦の内面を描く表題作など、秀作14編を収録する。

太宰治著

もの思う葦《あし》

初期の「もの思う葦」から死の直前の「如是我聞」まで、短い苛烈な生涯の中で綴られた機知と諧謔に富んだアフォリズム・エッセイ。

太宰治著

走れメロス

人間の信頼と友情の美しさを、簡潔な文体で表現した「走れメロス」など、中期の安定した生活の中で、多彩な芸術的開花を示した9編。

太宰治著

お伽《とぎ》草紙

昔話のユーモラスな口調の中に、人間宿命の深淵をとらえた表題作ほか「新釈諸国噺」「清貧譚」等5編。古典や民話に取材した作品集。

竹山道雄著

ビルマの竪琴

毎日出版文化賞・芸術選奨受賞

ビルマの戦線で捕虜になっていた日本兵たちが帰国する日、僧衣に身を包んだ水島上等兵の鳴らす竪琴が……大きな感動を呼んだ名作。

筒井康隆著

七瀬ふたたび

旅に出たテレパス七瀬。さまざまな超能力者とめぐりあった彼女は、彼らを抹殺しようと企む暗黒組織と血みどろの死闘を展開する!

夏目漱石著
吾輩は猫である
明治の俗物紳士たちの語る珍談・奇譚、小事件の数かずを、迷いこんで飼われている猫の眼から風刺的に描いた漱石最初の長編小説。

夏目漱石著
坊っちゃん
四国の中学に数学教師として赴任した直情径行の青年が巻きおこす珍騒動。ユーモアと人情の機微にあふれ、広範な愛読者をもつ傑作。

藤原正彦著
若き数学者のアメリカ
一九七二年の夏、ミシガン大学に研究員として招かれた青年数学者が、自分のすべてをアメリカにぶつけた、躍動感あふれる体験記。

藤原正彦著
父の威厳 数学者の意地
武士の血をひく数学者が、妻、育ち盛りの三人息子との侃々諤々の日常を、冷静かつホットに描ききる。著者本領全開の傑作エッセイ集。

柳田国男著
日本の伝説
かつては生活の一部でさえありながら今は語り伝える人も少なくなった伝説を、全国から採集し、美しい文章で世に伝える先駆的名著。

柳田国男著
日本の昔話
「藁しべ長者」「聴耳頭巾」――私たちを育んできた昔話の数々を、民俗学の先達が各地から採集して美しい日本語で後世に残した名著。

宮沢賢治著

新編 風の又三郎

谷川に臨む小学校に突然やってきた不思議な転校生——少年たちの感情をいきいきと描く表題作等、小動物や子供が活躍する童話16編。

宮沢賢治著

新編 銀河鉄道の夜

貧しい少年ジョバンニが銀河鉄道で美しく哀しい夜空の旅をする表題作等、童話13編戯曲1編。絢爛で多彩な作品世界を味わえる一冊。

宮沢賢治著

注文の多い料理店

生前唯一の童話集『注文の多い料理店』全編を中心に土の香り豊かな童話19編を収録。イーハトヴの住人たちとまとめて出会える一巻。

三浦哲郎著

ユタとふしぎな仲間たち

都会育ちの少年が郷里で出会ったふしぎな座敷わらし達——。みちのくの風土と歴史への思いが詩的名文に実った心温まるメルヘン。

水上勉著

ブンナよ、木からおりてこい

椎の木のてっぺんに登ったトノサマがえるのブンナは、恐ろしい事件や世の中の不思議に出会った……。母と子へ贈る水上童話の世界。

宮本輝著

優駿

吉川英治文学賞受賞（上・下）

人びとの愛と祈り、ついには運命そのものを担って走りぬける名馬オラシオン。圧倒的な感動を呼ぶサラブレッド・ロマン！

三浦綾子著 **塩狩峠**

大勢の乗客の命を救うため、雪の塩狩峠で自らの命を犠牲にした若き鉄道員の愛と信仰に貫かれた生涯を描き、人間存在の意味を問う。

三浦綾子著 **泥流地帯**

大正十五年五月、十勝岳大噴火。家も学校も恋も夢も、泥流が一気に押し流す。懸命に生きる兄弟を通して人生の試練とは何かを問う。

三浦綾子著 **続 泥流地帯**

家族の命を奪い地獄のような石河原となった泥流の地に、再び稲を実らせるため、鍬を入れる拓一、耕作兄弟。この人生の報いとは？

室生犀星著 **杏っ子**

読売文学賞受賞

野性を秘めた杏っ子の成長と流転を描いて、父と娘の絆、女の愛と執念を追究し、また自らの生涯をも回顧した長編小説。晩年の名作。

森 鷗外著 **阿部一族・舞姫**

許されぬ殉死に端を発する阿部一族の悲劇を通して、権威への反抗と自己救済をテーマとした歴史小説の傑作「阿部一族」など10編。

森 鷗外著 **山椒大《さんしょうだ》夫《ゆう》・高瀬舟**

人買いによって引き離された母と姉弟の受難を描いて、犠牲の意味を問う「山椒大夫」、安楽死の問題を見つめた「高瀬舟」等全12編。

山本有三著
新版 路傍の石
極貧の家に生れ幼くして奉公に出された愛川吾一が、純真な心を失うことなく、自らの運命を切りひらいていくひたむきな姿を描く。

山本有三著
心に太陽を持て
大科学者ファラデーの少年時代の物語など、人間はどう生きるべきかをやさしく問いかけ、爽やかな感動を与えてくれる世界の逸話集。

山本周五郎著
季節のない街
生きてゆけるだけ、まだ仕合わせさ――。貧民街で日々の暮らしに追われる住人たちの15の悲喜を描いた、人生派・山本周五郎の傑作。

与謝野晶子著
鑑賞／評伝 松平盟子
みだれ髪
一九〇一年八月発刊。この時晶子22歳。まさに20世紀を拓いた歌集の全399首を、清新な「訳と鑑賞」、目配りのきいた評伝と共に贈る。

湯本香樹実著
夏の庭
―The Friends―
米ミルドレッド・バチェルダー賞受賞
死への興味から、生ける屍のような老人を「観察」し始めた少年たち。いつしか双方の間に、深く不思議な交流が生まれるのだが……。

湯本香樹実著
ポプラの秋
不気味な大家のおばあさんは、ある日私に奇妙な話を持ちかけた――。『夏の庭』で世界中の注目を浴びた著者が贈る文庫書下ろし。

新潮文庫最新刊

木内昇著
占《うら》
いつの世も尽きぬ恋愛、家庭、仕事の悩み。〝占い〟に照らされた己の可能性を信じ、逞しく生きる女性たちの人生を描く七つの短編。

武田綾乃著
君と漕ぐ5
―ながとろ高校カヌー部の未来―
進路に悩む希衣、挫折を知る恵梨香。そして迎えたインターハイ、カヌー部みんなの夢は叶うのか――。結末に号泣必至の完結編。

中野京子著
画家とモデル
―宿命の出会い―
画家の前に立った素朴な人妻は変貌を遂げ、青年のヌードは封印された――。画布に刻まれた濃密にして深遠な関係を読み解く論集。

D・ヒッチェンズ
矢口誠訳
はなればなれに
前科者の青年二人が孤独な少女と出会ったとき、底なしの闇が彼らを待ち受けていた――。ゴダール映画原作となった傑作青春犯罪小説。

北村薫著
雪月花
―謎解き私小説―
ワトソンのミドルネームや〝覆面作家〟のペンネームの秘密など、本にまつわる数々の謎。手がかりを求め、本から本への旅は続く！

梨木香歩著
村田エフェンディ滞土録
19世紀末のトルコ。留学生・村田が異国の友人らと過ごしたかけがえのない日々。やがて彼らを待つ運命は。胸を打つ青春メモワール。

小川《おがわ》未明《みめい》童話集《どうわしゅう》

新潮文庫　お－7－1

昭和二十六年十一月十日発行
平成十五年五月三十日七十九刷改版
令和五年三月十日九十三刷

著者　小《お》川《がわ》未《み》明《めい》

発行者　佐藤隆信
発行所　株式会社新潮社
郵便番号　一六二―八七一一
東京都新宿区矢来町七一
電話 編集部(〇三)三二六六―五四四〇
読者係(〇三)三二六六―五一一一
https://www.shinchosha.co.jp

価格はカバーに表示してあります。

乱丁・落丁本は、ご面倒ですが小社読者係宛ご送付ください。送料小社負担にてお取替えいたします。

印刷・東洋印刷株式会社　製本・株式会社大進堂
Printed in Japan

ISBN978-4-10-110001-2　C0193